欧罗巴漫记 Ⅰ

小乖 著

中央广播电视大学出版社

· 北京 ·

图书在版编目（CIP）数据

欧罗巴漫记．1 / 小乖著．— 北京 ：中央广播电视大学出版社，2015.9

ISBN 978-7-304-06965-0

Ⅰ．①欧… Ⅱ．①小… Ⅲ．①游记－作品集－中国－当代 Ⅳ．① I267.4

中国版本图书馆 CIP 数据核字（2015）第 073501 号

欧罗巴漫记 Ⅰ

OULUOBA MANJI .I

小乖　著

出版发行：中央广播电视大学出版社　**电话：**营销中心 010-66490011　总编室 010-68182524
网址：http://www.crtvup.com.cn　**地址：**北京市海淀区西四环中路 45 号　**邮编：**100039
经销：新华书店北京发行所

策划统筹：郑　毅　**策划编辑：**赵　铮　李　刚　**责任编辑：**李　刚
责任印制：赵连生　**特邀顾问：**肖　博　赵　铮　**版式设计：**肖　博　乐　乐

印刷：北京盛通印刷股份有限公司　**印张：**7.25　**版本：**2015 年 9 月第 1 版　2015 年 9 月第 1 次印刷
开本：210mm×210mm　**字数：**90 千字

书号：ISBN 978-7-304-06965-0　**定价：**42.00 元

（如有缺页或倒装，本社负责退换）

目 录

ROME
Cappella Sistina la
dell'Uomo
Venezia
REPUBLIQUE FRANÇAISE
10c
POSTES
COURBEVOIE
17
12
849 PARIS (XVe). — La Grande Roue et la Tour Eiffel. — LL.
PARIS

明信片的记忆

今天收到了来自维罗纳的明信片，算算离开那里已经有20天的时间。而生活，早已进入了寻常轨道，被周而复始的通勤、三餐、电话、邮件、约会淹没。及至这明信片的出现，才点醒了那些关于历史、文明、艺术、梦想、浪漫与复兴的记忆……

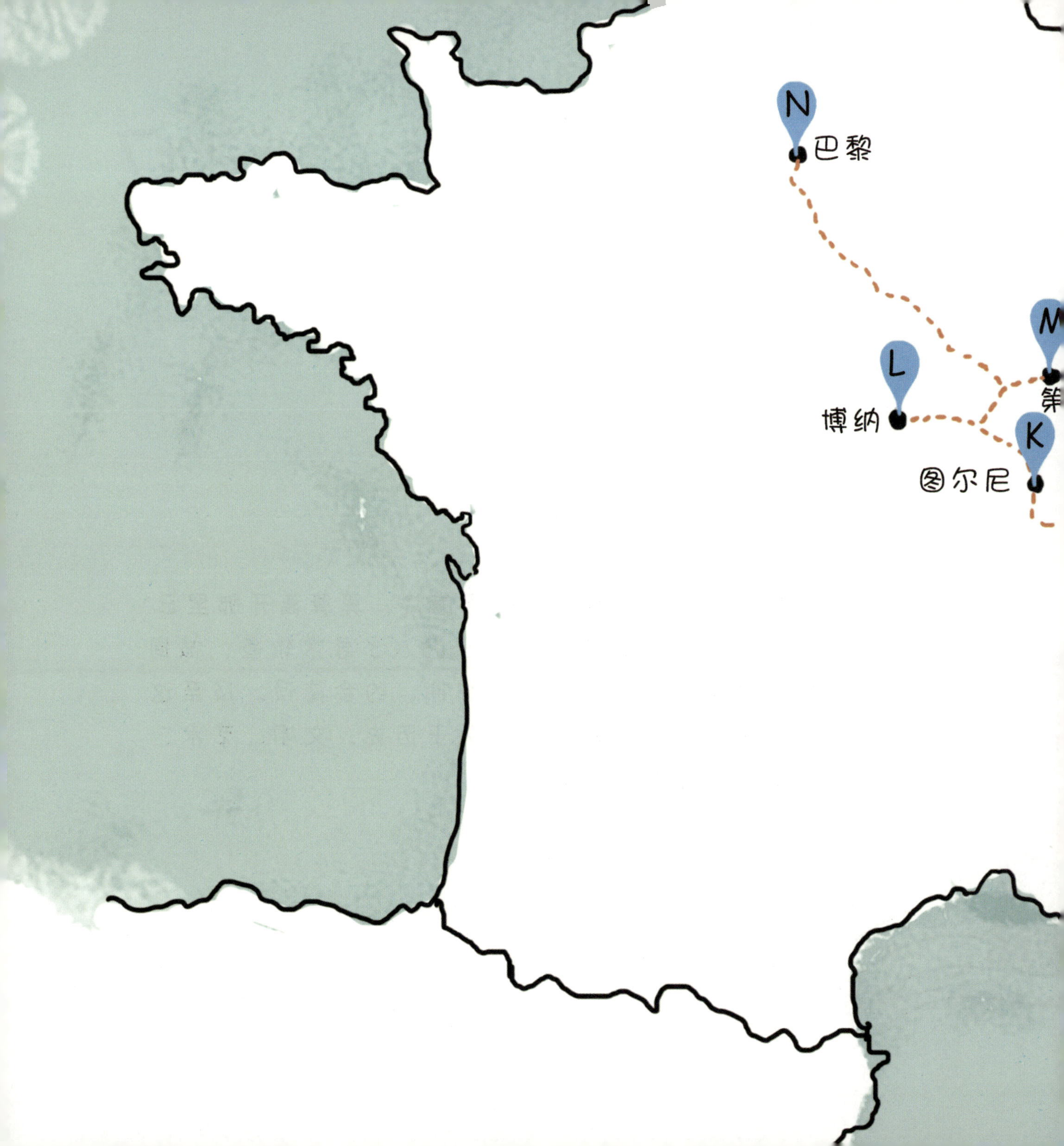
N
巴黎
M
L
博纳
K
图尔尼

第1天

第2天

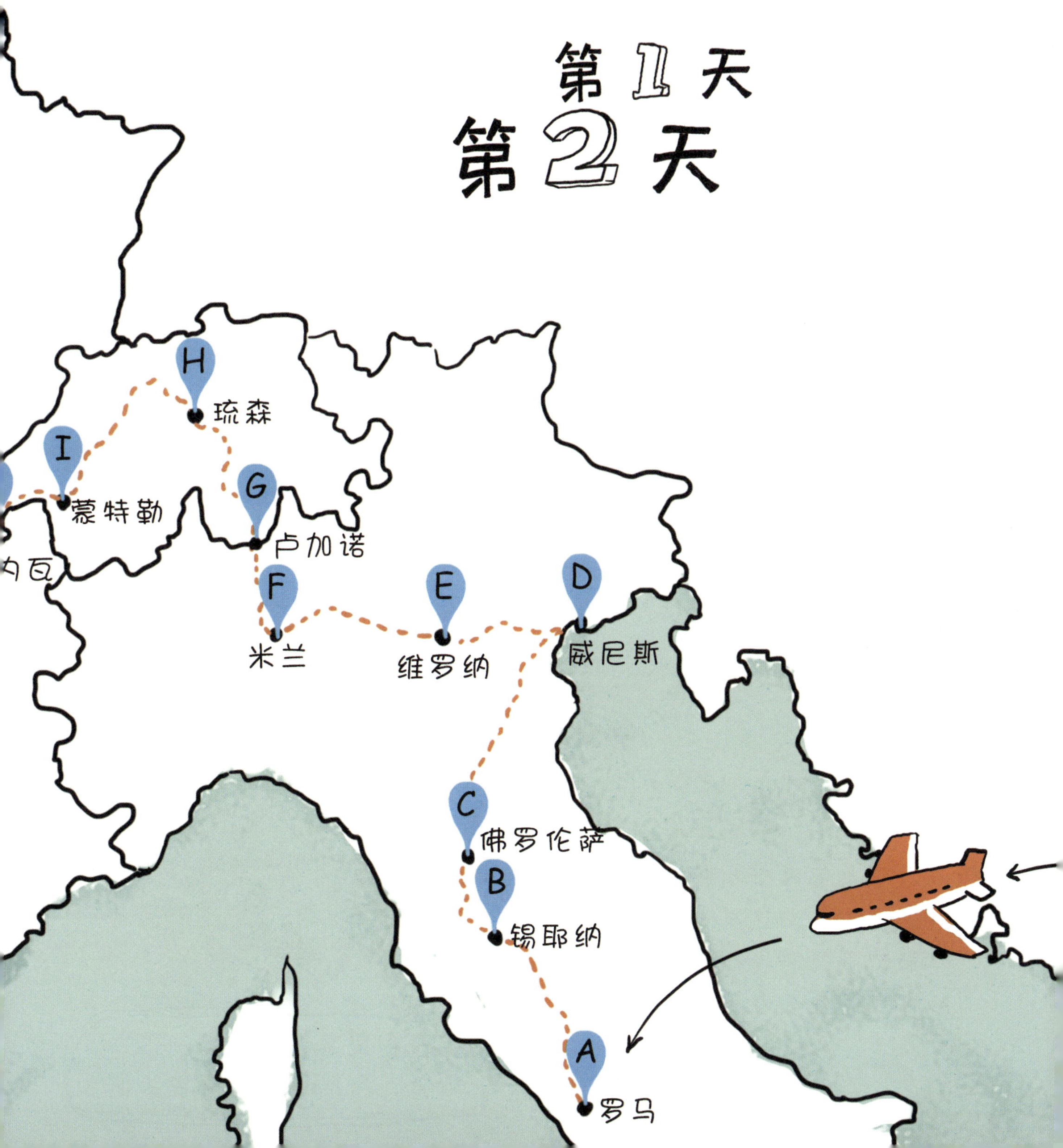
H
琉森
I
蒙特勒
G
卢加诺
F
米兰
E
维罗纳
D
威尼斯
C
佛罗伦萨
B
锡耶纳
A
罗马

第一段航程是由上海浦东经迪拜到罗马

为了赶早班飞机，在机场过夜。

而比较不容易入睡的男乖则几乎一夜未眠，还把我睡觉时候不堪的样子忠实地记录了下来。

流浪汉一般睡在长椅上，一道道木头硌得慌，却还是一觉睡到4点。机场的冷气总是过于强劲，于是把各种衣服包到身上……

因为手里拿着朋友那儿借的相机，所以兴奋得一夜未眠。

数码单反
显摆……)

场的日出
很美!

第二天一早……

准备出发

上海早晨7点出发，要9
小时到迪拜，在迪拜机
场有3小时的转机时间，
然后再飞6个小时到达永
恒之城——

罗马

在飞机上要待十五个小时，我们却只能重复以下内容：

吃

有中文菜单

睡
睡得昏天暗地……
在飞机上除了吃，剩下的时间基本上就是睡了。
飞机上有贴心的免打扰小贴纸。
玩
电影和游戏是飞机上打发时间最好的娱乐。
哇啊啊……
对战俄罗斯方块还能找回一些童年的回忆……
还有……这位空姐好像蛮漂亮的！
@#$^&**
这个类型我不太喜欢，我喜欢那边那款。
是是是……

我们的飞机越过世界第一高楼——

迪拜塔

在迪拜机场有7小时的转机时间，我们隔着玻璃远眺了一下迪拜塔，在纪念品店浅浅感受了一下中东风情……

坐在窗边，沿途可以欣赏窗外风景。

虽然经历了长时间的飞行，我们却没有感觉疲惫。在大巴上看着地平线上橘红色的晚霞和晚霞之上墨蓝色的夜空，万般甜蜜的期待，彷佛寻到了“应许之地”，熟悉而新奇。

412
BIS

当晚住在罗马市郊的酒店区。沉甸甸的铜钥匙牌，古旧的房间。旅馆虽号称4星但估计在国内也就评个3星，可是从房间里望着窗外的树林以及远处的地平线，这种安闲舒适的感觉却是令心灵愉悦宁静的。

为了及时调好时差，我们在当地时间晚上11点洗洗睡了，尽管此时的中国才刚刚早上5点……

连一次性的牙刷拖鞋之类的都没有，还四星级酒店?!
人家这叫环保!

到达罗马已经是当地时间19:45，与中国的时差是6小时。其实人家是西一区，我们是东八区，应该相差7小时，只不过他们还保持着夏令时的习惯，每年3月的最后一个周日到10月的最后一个周日都要把时间提前1小时，于是变成了6小时的时差。

意大利面制作方法

意面形状多种多样，有长条的、通心的、蝴蝶形的、字母形的、螺旋形的……可搭配各种酱料食用

Step1

意面散开投入开水锅中，直到底部软化全部浸入水中，加入少许盐及橄榄油，中火煮8-10分钟（直至没有硬心）

Step2

捞出面沥干水分，拌入少许橄榄油防止粘连

Step3

肉末中调入盐、鸡精、黑胡椒粉，用少许湿淀粉抓匀腌制备用

Step4

蕃茄在开水中烫一下去皮切成丁，蘑菇、洋葱切丁，蒜切末

Step5

锅烧热放少许黄油，放入蒜末略炒，稍后加入肉末一起翻炒至肉末变色，关火盛出；锅烧热后继续放黄油，放入洋葱丁煸炒至略软并出香味

Step6

洋葱略煸软后，放入蕃茄、蘑菇丁，中火翻炒至软，加入5大勺蕃茄沙司，调入少许盐、鸡粉，加适量红酒继续熬煮

Step7

熬到呈酱汁状，放入肉末一同翻匀，再多撒一些黑胡椒粉

Step8

意面铺在盘子里，将酱汁浇上去拌开即可（也可以将煮好的意面放入酱汁中在锅里拌匀后盛出）

罗马

罗马是个有太多故事的城市，可是我们却只能用一天时间走马观花，这于是成为此行最觉仓促而留下最多遗憾的地方。而遗憾正是再来的借口，就像在许愿池投下硬币时的眷恋，所许的愿心是：有朝一日能再来罗马。而第二个愿望，正在实现，我希望有机会再去罗马还愿……

罗马行程路线图

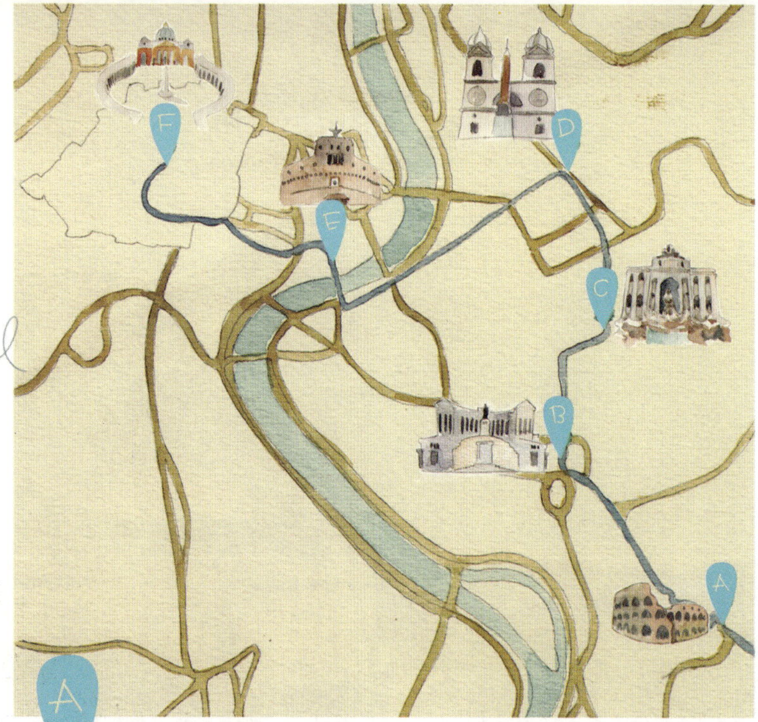

早上第一站是罗马的标志性建筑——

斗兽场

A 这庞然大物兀自屹立千年不倒，只因古罗马人在那时便已为它注入钢筋铁骨。可惜还是会有人为了牟利偷盗金属，去毁坏这永恒之城的支柱。

走近斗兽场的时候，令
印象最深刻的是它风蚀且被
车尾气熏黑的墙面。新文明
旧文明，总是儿女对父母一
的亏欠。

斗兽场中曾被勇气与鲜血浸润的土地，如今却荒凉而颓然。

被震撼到

你真的无法想象，在1000多年前，为了纪念罗马建成1000周年，古罗马人曾经在如此宏伟的石质建筑中注满水，为观众表演海战情景。这样的举动，即使在今天，也会被视作疯狂。

君士坦丁凯旋门是我们此行所见的第一座凯旋门，不同于巴黎凯旋门的方正，这座单薄的一面石门，其形制功能均令我想到中国的牌坊。

不知道牌坊和凯旋门在世界建筑史上的出现孰先孰后，可是我宁愿相信这是东西方不谋而合的发明。用这样一种比生命更为持久的形式，来纪念不想被遗忘的功德。

经过凯旋门往西南方向走，便是帕拉蒂诺山Palatino。这片小山岗曾是当年最繁华的所在，君王、贵族以在此建造宫殿为荣，这也是Palace一词的由来。

罗马城，就是以此柱为中心建造的。古罗马城据传是由母狼所养育的兄弟建立。几年前考古学家还在这里发现了育婴的狼穴，这一佐证更为古罗马帝国的源起增添了几分神秘的色彩。

历史本就是鲜血与泪水写就的，文明亦要由暴力、杀戮浇灌。每每看到罗马城徽，我都会想这城头屹立的为何是母狼哺乳，而非兄弟相残？

也许人类还是宁愿记住史诗中善的画面，不愿将历史中恶的事件流传千载吧。

由斗兽场直通威尼斯广场的这条大路，便是帝国大道。帝国大道旁边有一面砖墙，砖墙上雕刻的四幅石刻地图记录了古罗马帝国发展、强盛的过程。

这张地图足以看出当
罗马帝国的强大！

为了6月2日意大利国庆的阅兵仪式，此时的路边正在修造木阶式座椅。意大利军人将沿着这条被誉为“勇与战”的帝国大道接受恺撒大帝、奥古斯都大帝等古代帝王像的检阅。

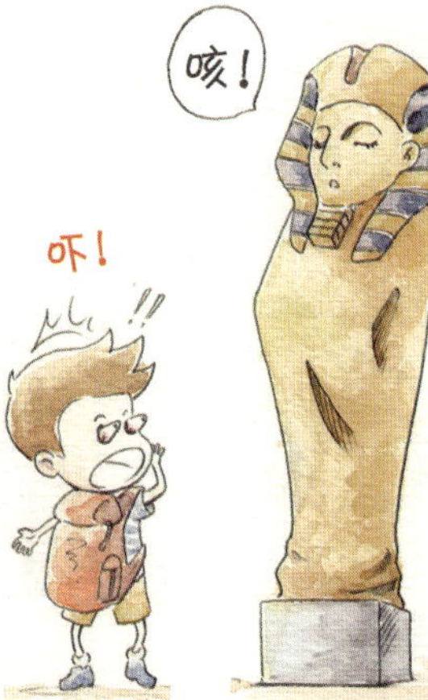

沿路上有许多卖水果
摊位。琳琅满目、摆放整
的水果，让人看了就会流
水……

从斗兽场沿帝国大道步行，会看到令我魂牵梦系的古罗马废墟。这样一片废墟，自然而残缺地平铺在那里，没有围墙，也没有分明的界线。如果不看地图，你根本无法知晓这些残垣断壁昔日是何等宏伟壮丽。

这里面有只剩几根柱基的爱神殿，有历史上最早的“民主参议院”，有恺撒大帝遇刺的元老院，有如今成为野猫收容所的贞女之家……

13

位于图拉真广场中心的图拉真凯旋柱是帝国大道的尽头，图拉真广场的对面，是这一带最“年轻”的建筑：埃玛努埃尔二世纪念堂，也就是祖国祭坛。站在威尼斯广场眺望，这座纪念堂的外观确实像一台白色打字机。

罗马的景点其实挺集中的，我觉得最好的游览方式应该是骑小电驴。行前虽然在网上查好了行情，带了驾照，但是最终却没能派上用场。

威尼斯广场便是如今罗马市的中心，得名于广场西侧这座威尼斯大厦。这里曾是威尼斯使馆的所在，而后又因墨索里尼阳台闻名。当年墨索里尼就是站在这个小小的阳台上发表那些极富煽动性的言论的。

北面的大楼上，仍保留着拿破仑的孝心。他为母亲选的小阳台与墨索里尼阳台呼应着，却是两种截然不同的情调。

一路上随处可见的“移动店铺”

给需要信息的朋友：火车站附近有很多租车行，租车只需要新版驾照（带英文的）和护照，1天租金20-30欧元不等，骑车带人是没问题的。另外，欧洲游时善用PASS能带来很多便利，比如罗马就有ROMA PASS，包含罗马三天的地铁票和公交套票，还可以免两个景点的门票(包括斗兽场、波哥塞美术馆、圣天使堡等热门景点，但不包括梵蒂冈的景点)，去很多景点出示ROMA PASS的话门票还可以打折，并且不必排长队。我们在罗马只待一天所以没用到，不过后来在巴黎用MUSEUM PASS真的方便又省钱。

为了再次来到罗马，我们当然要去许愿池许愿，随着人流挤到池边，郑重地用我们的人民币许愿：右手经过胸口心脏的位置，从左肩上方抛出硬币，无须贪心，许两个愿就好啦。

这里有无玷圣母圆柱。教皇每年都会乘直升飞机飞到石柱上方更换圣母手中的花环。这可是很盛大的仪式，我不知道老教皇是不是恐高，可是我挺为他老人家担心的。

许愿池边上卖的冰淇淋很好吃，一边吃一边走就能到达西班牙广场。

现代的教皇都是德才兼备的“牛人”，拍宣传照、出书，日理万机之余还要参与这类高空作业，真不愧是中老年人士效仿、学习的典范啊。

路上能看到一些环境优美的花园餐厅

D

经圣母圆柱往前，就是贝尔尼尼他爹的作品——“破船喷泉”，文雅点儿可以叫“石舫喷泉”。据说是因为罗马发大水把一艘破船一直冲到西班牙广场所得来的灵感，于是这一偶然便成就了老贝尔尼尼的讨巧之作。这破船像一只硕大的贝壳，边缘却又如荷叶般柔软，曼妙柔和的曲线，四周溢出涓涓细流，好似珍珠倾泻。

与破船喷泉比邻的乃是小贝尔尼尼的西班牙台阶。父子的唱和传承，是一件多么令人艳羡的事情啊。西班牙台阶亦是因旁边的西班牙使馆得名，但我们知道它却大多是因为《罗马假日》。对我而言它就是名副其实的“赫本广场”。所以，能坐在这些台阶上吃冰淇淋真的令我无比满足。

台阶的每一级都坐着慕名而来的观光客，所以相约见面要再加一句“在第几级台阶见”，才能在茫茫人海中轻松地找到那个等着你的他。

台阶上有很多小贩，黑人摆地摊卖的都是中国制造的假名牌，旅途中所到各国大多如此，后来看了电影《美错》，觉得很写实，所以更觉心疼。

那些举着玫瑰花夸你漂亮说赠你免费礼物的人，可千万别信，否则你付的钱可能远高于一朵 玫瑰花的市价。最好避开他们，世界各地旅游景点都会有这样的人，习惯就好。

另外，罗马的小偷可是全世界技艺最精湛的。在这个“大师级”扒手训练班里，你一定要少带现金，包包护在胸口，出行时小心、小心再小心。

台阶顶端是圣三一教堂，我们进去的时候，唱诗班的妙乐音在唱响，那气氛能让最鲁莽的人屏息。

返回的时候，别忘了去看台阶底端那座黄色的房子，济慈便是在这座房子里去世的，现在这里是济慈—雪莱纪念馆。一位英国诗人，为什么会在这里去世？因为他患了当时几乎无药可医的肺结核。济慈的母亲、兄弟，都死于这种病。当他开始咯血的时候，他的医生建议他去一个暖和些的国家过冬，于是他的朋友们凑钱把他送到了罗马。可旅行的耽搁还是令他错过了暖和的季节，5个月后，这位年仅25岁的年轻诗人客死异乡，没有亲人、爱人陪伴在身边。讽刺的是，他最初的职业正是医生，前途一片光明，而仅仅出于对诗歌的热爱，他放弃了能令他安身立命的职业，穷困潦倒一生。穷困令他一直没有能力与爱人结婚，而这位姑娘FANNY在他死后服丧6年，12年后才另嫁他人。穷诗人的魅力是无边的，当然这只是对于那些遵从心声的女人而言。无论当年还是现今，社会的主流都是现实至上，所以，过于现实的人是不能理解这样的傻女人的。

拜伦

济慈

雪莱

如果你看过BBC的BRIGHT STAR，也许还会记得那一幕幽蓝的凌晨，空无一人的广场，安静的破船喷泉，天幕发白的圣母圆柱，济慈的薄皮棺材从西班牙台阶抬下来……

这是我见过的最哀伤的西班牙广场。

至于为何这里成为济慈—雪莱纪念馆，除了他们都葬于罗马之外，也因为济慈、雪莱、拜伦都有相似的宿命吧。雪莱，同样才华横溢、文采出众，他和济慈、拜伦的关系，也令我有很多遐想。

E

台伯河畔，这里有哈德良皇帝的城堡，因瘟疫时期教皇看到持剑天使显圣平息瘟疫，便将持剑天使铜像置于古堡顶端，故而也被称为“圣天使堡”。

我们习惯性地以为秘道必在地下，一路往梵蒂冈走，才发现所谓秘道只是一道看似城墙的建筑，它毫不低调地立在马路中间，当然一般是不对外开放的。

这城堡后来成为教皇的避难所，离梵蒂冈仅几百米，且有秘道连通。

丹·布朗的小说《天使与魔鬼》里面，炸弹就藏在圣天使堡里，兰登博士也是沿着这条秘道到了梵蒂冈，并且发现梵蒂冈那头的门是单向的，只能从教皇住所打开。不知道电影里的秘道是不是这条。

城堡前方的圣天使桥横跨台伯河，桥上的12天使，只有最靠近城堡的两座才是贝尔尼尼的作品，其他都是他学生的仿作，相较之下高下立现。想要看到城堡顶端的圣天使，站在桥的彼岸才理想，走近了反而会被城堡高高耸立的防御墙遮住视线。

F

来到梵蒂冈，自然会想到那些有关教廷的电影。站在圣彼得广场排队进教堂的时间，足够把整个广场上教皇的巨幅照片，廊柱顶端的圣徒肖像，教皇会出现的那个阳台，还有冒黑烟、白烟的烟囱端详个遍。

进大教堂不能穿长度不过膝盖的裙子，于是我必须把外套围在腰上弥补不足的裙长。好不容易进了教堂，真有种老鼠掉进米缸里的感觉。这座教堂里可看的东西太多，以至后来进别的教堂都有点儿“除却巫山不是云”的感觉。

首先要看的就是在不同版本美术教材中都会出现的《哀悼基督》，（又名《圣殇》），米开朗基罗的成名作，也是我非常喜欢的石雕作品。它能如此轻易地激起情感共鸣，哪怕是对宗教完全茫然的人，也能感知到那刻骨的哀伤。而那些衣褶，堪与我国的“吴带当风”媲美。

有幸目睹小米的成名作！
小米的签名在哪里？在哪里？

INCOELIS EGO ROGAVI PRO TE O PETRE VT NO
哇！
好壮观！

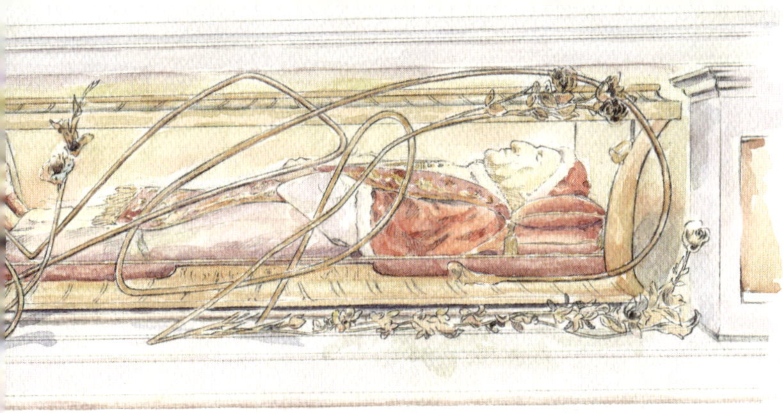

往里走，一路精美的穹顶、拼花地面、细腻如油画般的马赛克拼画、不同时期教皇的遗体、大理石雕像……令人目不暇接。当时正值弥撒，圣彼得铜像和青铜华盖被拦了起来，只能远观，而那代表圣灵的玻璃拼花格子，却因为这远观而愈发光芒万丈、圣洁华美。个人觉得教堂的彩色玻璃是利用光影衬托氛围的最佳范例。

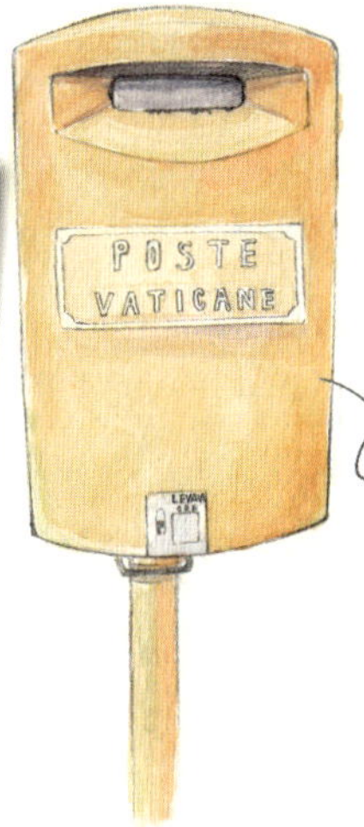

教堂外面的邮箱

瑞士雇佣兵

在圣彼得教堂流连太久，让我们错过了暴走去鲜花广场和万神殿的机会，更别提真理之口了。还有下午4点就停止接待游客的梵蒂冈博物馆，也成了罗马之行的遗憾。

提拉米苏制作方法

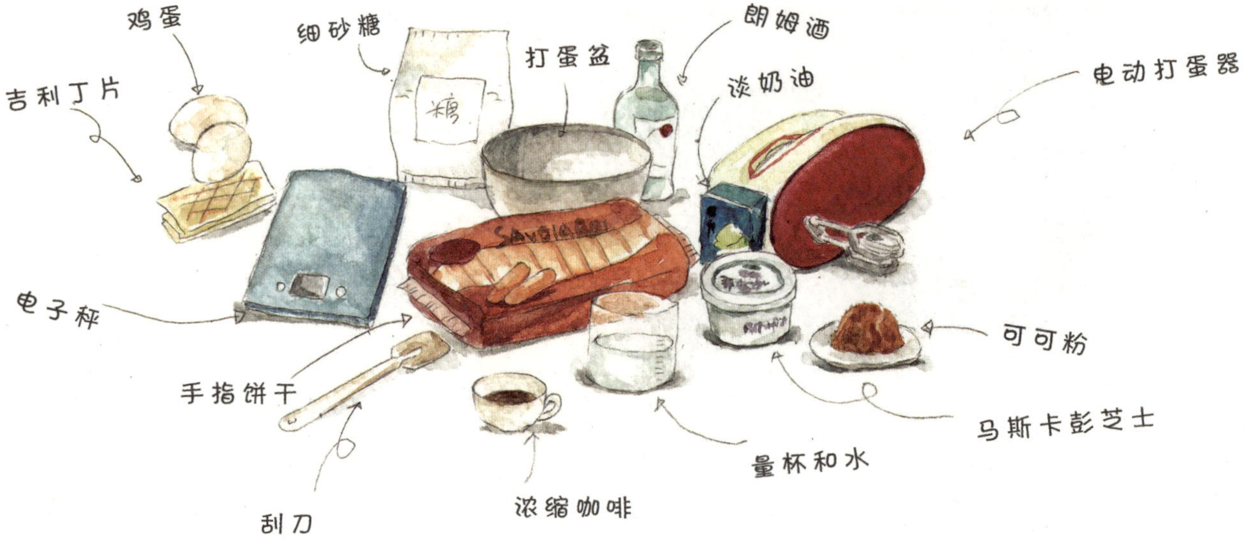
鸡蛋
细砂糖
糖
打蛋盆
朗姆酒
淡奶油
电动打蛋器
吉利丁片
SAVOIARDI
电子秤
可可粉
手指饼干
马斯卡彭芝士
量杯和水
刮刀
浓缩咖啡

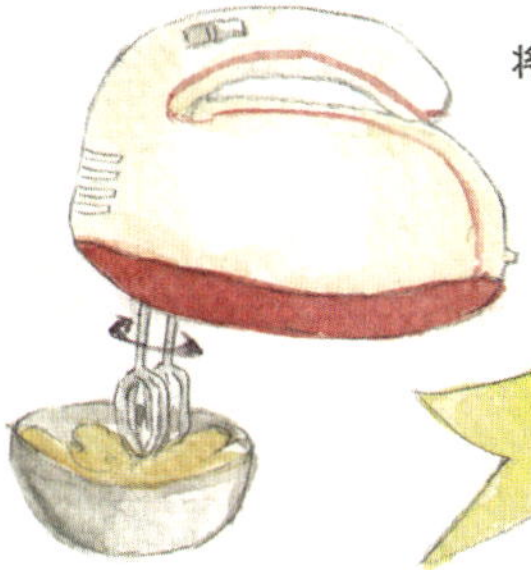

Step1

将两个鸡蛋打至浓稠

Step2

将水和细砂糖一起煮成糖水，煮沸后关火

Step3

边搅打边将糖水倒入蛋黄，搅打5~10分钟，直至完全冷却待用。

Step4

将马斯卡彭芝士搅打至顺滑，和蛋液糊混合拌匀

tep5

利丁片泡软后隔水
化混入蛋液糊中
拌

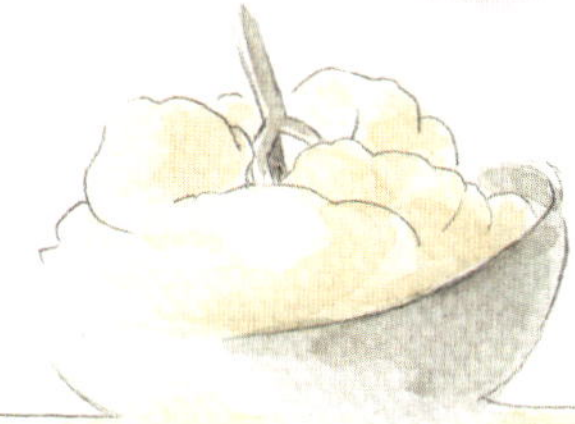

Step6

将150ml淡奶油打至软性发泡

Step7

各种糊混合拌匀，冷藏10分钟左右以便定型

Step8

将手指饼干迅速蘸满朗姆酒和浓缩咖啡的混合液，并迅速铺满模具底部

Step9

铺满手指饼干后倒入一半奶酪糊，然后再铺满手指饼干，重复一层

Step10

放入冰箱冷藏5个小时以上，或者过夜

食用前撒上可可粉装饰就完成了~

锡耶纳

我们要去往充满中世纪风情的山区小城锡耶纳（Siena）。沿途经过许多建在丘陵顶端的小镇，远山近水也都是一派托斯卡纳山野风光。真正的锡耶纳比我想象的要大得多，最先入目的便是高耸的大教堂钟楼，那气势果然比之前的小镇恢宏壮丽得多。这里毕竟曾是欧洲金融、艺术重镇，有过更胜于佛罗伦萨的辉煌。

在这个漂亮的广场上，每年会举行两次赛马会，这是全城人的节日。赛马会的名字叫作Palio，所以大家可以猜到Fiat的Siena和Palio两款车名字的由来了吧。

对这座小城而言，最值得骄傲的也许是他们那号称欧洲最美广场的贝壳广场。从小镇任何一端沿着夹峙的巷落往低处走，自然而然地便能在豁然开朗处遇见这座中心广场。我们从陡峭向下的小巷走出来的时候，正好有一阵风由广场吹来，让我们通体舒畅。在整个弧度、地势都犹如贝壳的广场上，或坐或躺地小憩着许多惬意的人儿，不由得让人觉得生活就应该是这样。广场周围是严密紧凑的民居和古旧的小店铺，坐在露天的咖啡座里，就着最正宗的意式咖啡，还有最纯正的提拉米苏，于托斯卡纳艳阳下听着钟楼的钟声写一张明信片，那浓郁的意式风情再优雅不过。

走在广场上，时常会遇到完全不怕人的鸽子。起初觉得它们可爱，可是当我们发现小镇的空气中都时常漂浮着鸽子的绒毛时，才意识到这里的鸽子已经到了过度繁衍的地步。显然，当地政府还没有给鸽子喂避孕药。

深黄的砖墙，绿色的木
窗，是锡耶纳最常见的色彩
配。而那种叫做锡耶纳的
料，涂抹出的正是这种浓郁
黄。我不知道是小城因这种
色得名，还是这种颜色因小
得名。

对我而言，最喜欢的是山城锡耶纳起伏的巷道。就像任何一座古城一般，最有味道的一定不是那些人潮涌动的代表性景点，而是刻划在斑驳的墙壁和温润的石板路上的寻常人家门庭里外的故事和传奇。

走在午后宁静的锡耶纳小巷里，很少看到行人。黄色古建筑在纯澈蓝天的映衬下，越发显得空灵寂静，很想就这么闲晃一整天。

四处可见的罗马城徽，标志着这里曾是罗马城邦的域境。

这里弥漫着浓郁的哥特情调，却又能兼容并蓄、博采众长。锡耶纳的主教堂（Duomo）便是典型的罗曼—哥特式建筑，尖塔、圆顶、山字墙华丽丽地捏在一起，成为了锡耶纳的地标。

还有不少人会带着狗狗来这里逛。

去佛罗伦萨的路上会经过THE MALL，那里集中了众多意大利一线品牌的折扣店，也混杂了一些法国的品牌店。逛了一圈，看上的超预算，预算内的看不上，看得上又价格好的，是断码。只帮朋友带了东西，自己却什么也没买成。对我这样既没有品牌消费能力，又没有品牌价值观念的人而言，THE MALL显得有些鸡肋。正在不甘的时候，却惊喜地发现这里居然有瑞士莲巧克力卖场。冲进去以扫货的架势每种口味都来几颗，刚要出门，天下起瓢泼大雨——既然天意要我补货，便又装了一袋——谁让我前阵子还在某节目里为它做广告啊。然而因为天气炎热，这些巧克力带回来的时候都已经化了，拿不出手了，于是只好全都由我自己慢慢消化……

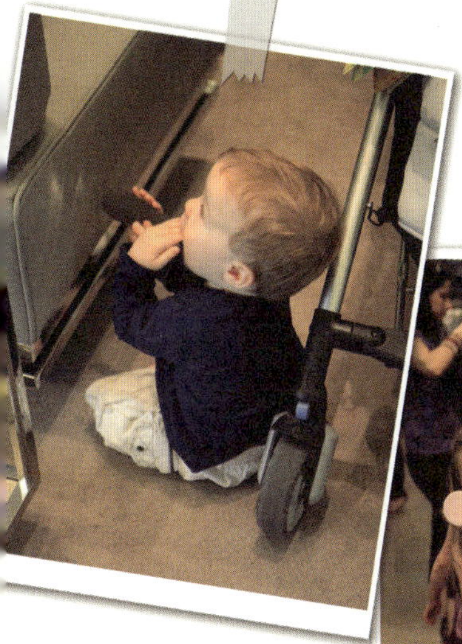

在意大利，不要错过任何喝咖啡的机会，出了意大利，可就没有那么好的咖啡了。

CAPUCCINO

ESPRESSO

尽管试了好几次意式浓缩咖啡ESPRESSO，最后还是投降喝了饱腹的卡布奇诺CAPUCCINO。对我来说，ESPRESSO就像黑巧克力，是我不敢轻易碰的东西，所以再怎么爱吃巧克力、爱喝咖啡，也算不上真正的巧克力爱好者和咖啡爱好者。

天真是满载而归啊。

千层面的制作方法

Lasagna

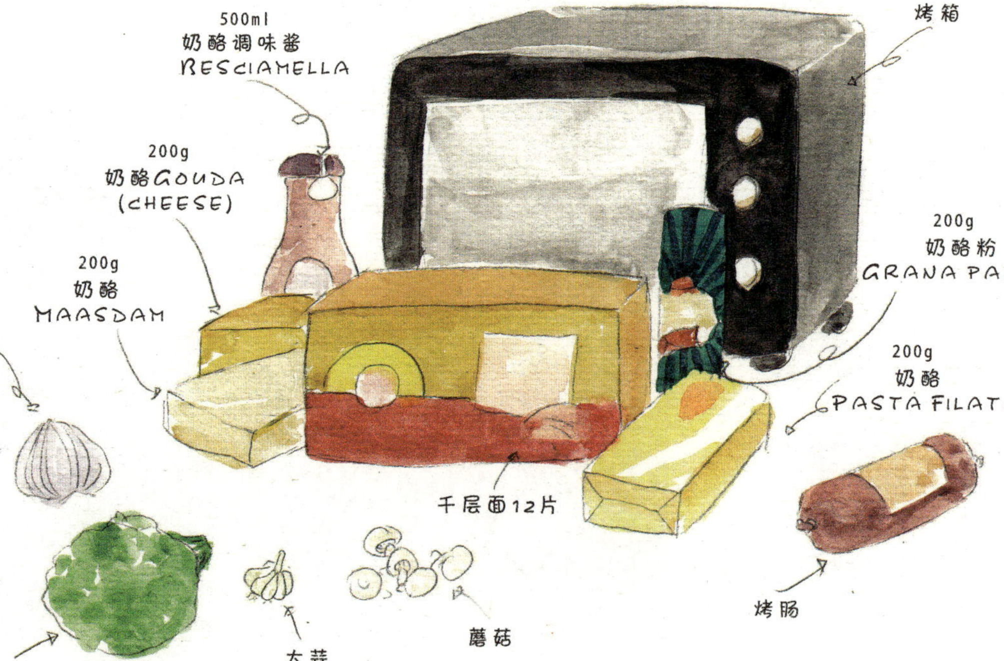
500ml
奶酪调味酱
BESCIAMELLA
烤箱
200g
奶酪GOUDA
(CHEESE)
200g
奶酪
MAASDAM
200g
奶酪粉
GRANA PADANO
洋葱
200g
奶酪
PASTA FILATA
千层面12片
烤肠
蘑菇
大蒜
西兰花

Step1

三种奶酪切成丁

Step2

食材分别切片，并下水焯熟
晾干待用

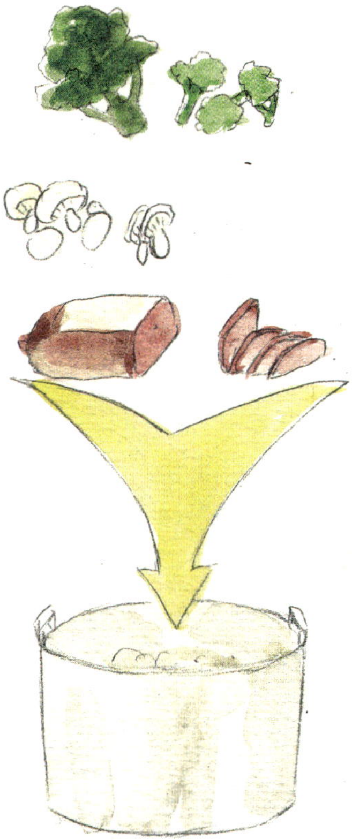

Step3

翻炒切碎的洋葱和大蒜.

Step4

将一整盒BESCIAMELLA倒入炒洋葱的锅中,搅拌着煮，直到调味酱变成流质.

Step5

铺一层千层面，浇上一层奶酪调味酱，撒上一种奶酪丁。再铺一层千层面，浇上一层奶酪调味酱，放上煮熟的食材，撒上另一种奶酪丁，重复这个步骤

Step6

放入烤箱，200度中火
慢烤30分钟即可

佛罗伦萨

佛罗伦萨，文艺复兴的起点。有多少自小耳濡目染、长大后顶礼膜拜的名作，追根溯源都指向此处。在那最辉煌的时代，文艺复兴三杰齐聚于此，还有那些随便放到其他时期都能成泰斗，无奈被更耀眼的光芒映照而略显逊色的大师们联袂助阵。想到当年的盛况，便禁不住心中的澎湃，及至真正要踏古寻踪，仍有点儿亦幻亦真的无措。

到佛罗伦萨已经晚上7点多，可天色看起来尚早，沿途都是老建筑，有过修饰，但仍大体保持原貌，任凭岁月流逝却依然坚持着自己的风骨。

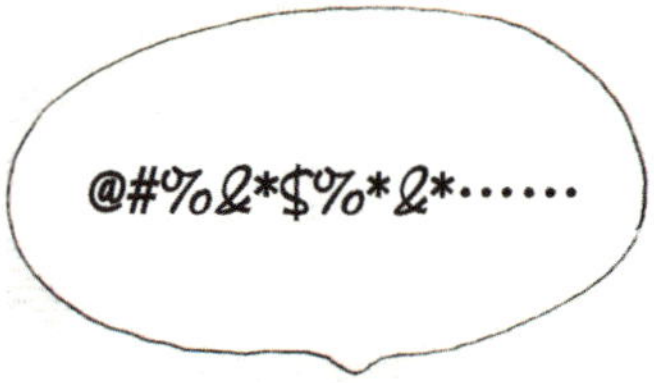

放了行李就去找最正宗的佛罗伦萨带血丁骨牛排（Fiorentina）。出乎意料的是，点菜却遇到了语言障碍。除了米兰，意大利其他城市的普通居民会说英语的不多。

本以为菜单指指就OK，可是这位服务生却为牛排的重量问题而纠结。纸笔交流未果，而她连英文数字都说不全……我们拼命问她你有没有会讲英语的同事，她却很执着地要跟我们把问题弄清楚。于是我只好离座，去问另一个服务生会不会英语，他谦逊地比了比："少少啦。"事实证明他的英语足够解决点菜时的困惑了。

然后就静候我们的牛排上桌了，透过玻璃还可以看到它在炉火上滴着油汁的诱人模样。一公斤是这家店可供应牛排的最轻重量，于是我们看到了脸盆一样大的盘子里摆着的刚出炉的巨型牛排。牛排肉香扑鼻，一刀下去便有粉红色的肉汁溢出来，真是外焦里嫩。难怪介绍里说要用面包擦盘子吃才知肉汁才是真正的精华啊。这个分量，以我们的食量需要四个人才能吃完，所以两人组合可别轻易点Fiorentina啊。

酒足肉饱之后，沿着开花的庭院慢慢散步回酒店。天终于黑了，明天就要去探索这座城市的荣辱与兴衰了。

到米开朗基罗广场俯瞰佛罗伦萨全景。薄雾之下，一片砖红色的屋顶中，圣母百花大教堂的圆顶和乔托钟楼格外抢眼，阿诺河蜿蜒流淌，新桥、老桥、圣三一桥渐次阵列。看到这幅美景的我，实在无法不用“翡冷翠”这个更诗意的名字称呼这座文化名城。徐志摩的译名形神兼备，可谓巧夺天工，因为在意语中Firenze确实就是“翡冷翠”这三字的吴语发音。而这个平淡无趣的名字“佛罗伦萨”，该是由英语Florence来的，但若音译的话，应该被称为“佛罗伦斯”啊。在意大利语中，Firenze即为“鲜花之城”，当时，清晨的广场观景台边开着红白的小花，好似为翡冷翠这幅水彩之城配上了柔美的画框，让我久久不能移开目光。

当然米开朗基罗广场的名字也不是白得的。广场中央高高伫立的是一尊青铜铸造的大卫像。这尊大卫像被认为是翡冷翠的城市象征，不过在我眼中青铜像与大理石像真的相去甚远——青铜那没有温度的质感，只适合远远仰望，不会让人有触摸的欲望。

大卫像的底座四面也是大师名作《昼》《夜》《晨》《暮》的青铜仿品。原作在美第奇家族的小教堂中，分别为洛伦佐和朱利亚诺之墓的守护。

美第奇家族于米开朗基罗、佛罗伦萨甚至文艺复兴而言都至关重要，这个富可敌国的家族是艺术的守护者，他们资助了文艺复兴时期多位画家、雕塑家、诗人以及科学家，包括多纳泰罗、波提切利、伽利略、达·芬奇、拉斐尔，当然还有米开朗基罗。洛伦佐·美第奇在米开朗基罗13岁时便将他带入自己的美第奇宫。在美第奇家族创办的人文学院中，这位天才少年逐渐崭露头角，成为了那个时代不朽的传奇。对美第奇的感恩令他甘心效力、侍奉几代美第奇家主，并为他们设计了美第奇小教堂中的新圣器室和陵墓。

然后我们便走入了那幅尘封于记忆深处的历史画卷：佛罗伦萨老城区的建筑似乎几百年来都没有改变过，石板路干干净净，汽车也规规矩矩地停靠在道路两侧。仔细一看，果然绝大部分车都没拉手刹，可以方便别人停车时前顶一下，后顶一下，把车子挤进去。

值得一提的是，米开朗基罗在罗马去世，他的家人把他的尸体偷了出来，把他安葬在圣十字大教堂中。圣十字大教堂是佛罗伦萨人心中的灵魂依归之地，但丁、伽利略、罗西尼等重量级人物的陵墓或纪念碑也修建在这座教堂里。

圣十字大教堂是一个重要的地标性建筑。它的建筑主体区别于周围的棕黄色建筑群落，白色大理石以蓝、绿、红点缀，圣洁的小哥特风不由让人眼前一亮。不过我却更喜欢教堂侧面那些颜色老旧的门廊，那些刻划在石墙砖缝中的历史沉积更真实，更适合我们去怀思和想象。

圣十字教堂面对的是佛罗伦萨最古老的广场，以但丁命名。从这里出发，在古旧的巷陌中穿行，发现佛罗伦萨其实很小，而且处处都是值得赏玩的古迹，因而以随缘的心态步行是最好的探寻方式。

在小巷里，但丁故居如同碉楼一般突兀地呈现在我们面前。那面古朴的砖墙，只因但丁肖像才显出此地的不同。我们没有进去，静静的天空和林立的防鸽刺让这里有些许的寂寥和悲伤。不远处有一滩水渍，乍一看毫不起眼，细细观看才发现是但丁的侧面剪影，所以这滩水痕想来也是某位市民每日的功课吧。

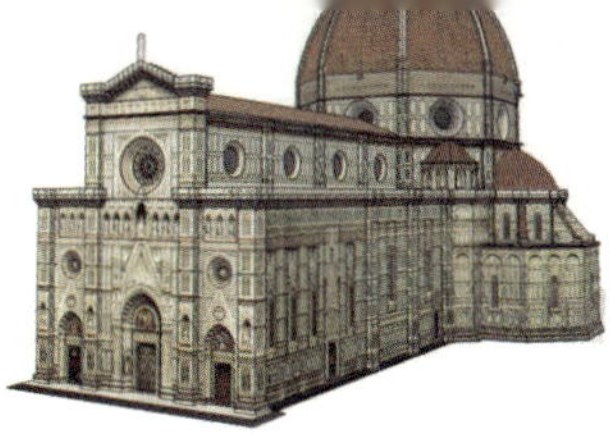

佛罗伦萨教堂遍地，最著名的无疑是圣母百花大教堂，它的橙红色华美圆顶可说是建筑史上大开先河之作，连设计圣彼得大教堂圆顶的米开朗基罗也为它的巧思自叹不如。整座教堂繁复华丽地用红、白、绿三色大理石镶面，细节处的雕琢处理精美得令人眩晕。进教堂是免费的，可是要排队，塔楼、穹顶、洗礼堂、地宫和附属博物馆联票要10欧元，于是没有进去。

除教堂主体建筑之外，钟楼和洗礼堂精致唯美，二者的材质色调也与主教堂和谐一致，浑然天成。钟楼是乔托设计的，不同于大多数哥特式建筑，它没有尖顶，其外观则像是一个纤细修长的小堡垒，这一设计则被称为“完美建筑的典范”，人们只需要花10欧就可以登顶俯瞰佛罗伦萨老城全景。而洗礼堂像一个白色的八角首饰盒，小巧而精致，最引人驻足的则是洗礼堂的三扇金色大门，上面的浮雕讲述的都是圣经中耳熟能详的故事，但雕刻的构图、技法却与当时那些刻板的宗教题材作品大相径庭。各种人物和建筑通过透视的手法体现出强烈的空间感和纵深感，甚至可以透过画面表达爱憎情感，将整个故事的轮廓描摹出来。镀金的材质将明暗凸显得更加立体，同时又很有历史的厚重感。我站在那里，每个故事逐一看去，欣赏之余对大师们的技艺更是钦佩不已，空间感不好的人真应该来这里好好学习一下透视，这是最好的教材。无怪乎米开朗基罗盛赞此门为“天堂之门”。

由圣母百花大教堂往阿诺河方向走，能望见全城最高的塔楼。那里就是佛罗伦萨的市政厅，西尼奥列宫。 西尼奥列广场位于佛罗伦萨市中心，广场上有托斯卡纳大公科西莫一世·美第奇的骑马雕像，正是他创立了举世闻名的乌菲兹美术馆。靠近市政厅，有座海神喷泉，而海神的脸，就是科西莫一世骑马像面容的翻版——拍马屁不带这样儿的……

市政厅门口又是一尊《大卫》，足见佛罗伦萨人对这座雕像有多引以为傲。

西尼奥列广场上有着形形色色的人，其中不乏一些街头艺术家。

市政厅侧翼的走廊，当初是宣读公告的会场，现在摆满了各种材质雕塑名作的复制品，彰显了整个城市的艺术品位：每一件都熠熠生辉、美轮美奂。

继续往河边走，就是今天的重头戏——与卢浮宫、大英博物馆并称世界三大艺术博物馆的乌菲兹美术馆。我们可是把乌菲兹美术馆参观指南背得滚瓜烂熟了，趁门口排队的时候，继续恶补地形和展品分布图，争取在有限的时间里看到最多的精品。

乌菲兹美术馆

这里几乎齐聚了所有文艺复兴时期大师的名作，核心馆藏都来自于美第奇家族的收藏。想到即将看到真迹，抑制不住内心的兴奋。沿阶梯直上三楼，46个画廊大致按时间排序。由传统拜占庭风格到锡耶纳的哥特画风，画面有了层次，人物也有了符合年龄的身形情态。

再到文艺复兴的萌芽时期，然后便是乌菲兹的镇馆之宝：波提切利的《维纳斯的诞生》和《春》，画面越来越轻盈柔美，色彩也越来越明雅清丽。虽然画中的维纳斯形象早已深入人心，但实际上波提切利却一度被人们遗忘。他同样效力于洛伦佐·美第奇，但洛伦佐去世后，大树即倒，波提切利也被反美第奇的政治运动所累，晚景凄凉，死后更是被世人遗忘。直到19世纪才被英国人重新发现，树为典范。波提切利是彻彻底底属于佛罗伦萨的，他生于斯，长于斯，辉煌于斯，陨落于斯。对于佛罗伦萨的一草一木，他都了然于胸：在《春》的画面中，有两百多种真实存在的花朵，而其中很多都只有在春天的佛罗伦萨郊外才能见到。了解到这一点，你难道不会觉得心头一暖么。

隔壁就是达·芬奇房间。他为佛罗伦萨留下的画作不多，三幅画中，14岁的达·芬奇与老师维罗乔共同创作的《基督受洗》是最令人慨叹的一幅画。在这幅风格杂揉的画中，左边的小天使已完全展现了达·芬奇的天赋，流畅的线条、丰满圆润的面部、轻柔的小卷发，与维罗乔所绘的凝滞而干涩的耶稣和约翰形成了鲜明的对比。难怪维罗乔会因为被达·芬奇超越而彻底放弃绘画。

继续走，你会看到众多《两性人》雕塑复制品中的一件。这件藏品其实还是背影比较迷人啊。

此为卢浮宫《两性人》真迹

随着文艺复兴的推进，米开朗基罗和拉斐尔的作品出现了，再到提香、鲁本斯、卡拉瓦乔、伦勃朗……这里展示的绝不仅仅是文艺复兴，绝不仅仅是意大利……

从乌菲兹美术馆出来，我们再度走入街巷觅食。这里的蔬果着实诱人，价格也便宜：一盒蓝莓、一盒树莓，一共6欧。我们在开心地玩着水果拍照的时候，一位老太太经过我身边，坏笑着入镜假装要偷我的树莓吃，我被她逗乐了，于是有了分享一盒树莓的缘分。

清甜可口

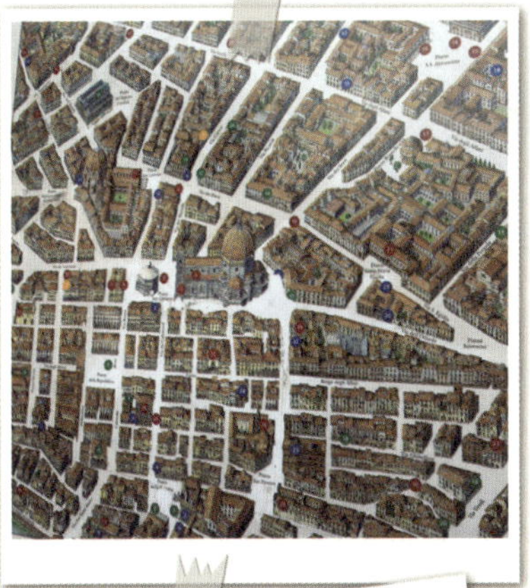

胡乱吃了些，就向学院美术馆挺进。我没怎么做佛罗伦萨的功课，对于方位完全一片空白，所以在目的地顺序安排上可以说是完全随兴，打哪儿指哪儿的，于是我们会反复经过一些小巷和建筑。幸好佛罗伦萨老城很小，而且在一些游客云集处街边地图指示十分明确。我们按图索骥地找到了Via Ricasoli，但是门牌号却与之前查到的不符，且越走越不像有景点的样子，于是找人问路。路边小店的主人不太会讲英语，但是人却很热情，当即走出来为我们指方向。我们这才恢复了信心继续往前走。在很普通的小巷里的一栋很普通的建筑外面，烈日下排了一长串的队伍，门牌号是58号。

这应该是之前排队的人留下的“小王子”

这里要说一下另一条我们总结的欧游经验：预订！大部分的博物馆，还有一些景点，都会有两个入口，一个供团队和有预订的游客进入（大部分博物馆都可以网上预订），另一个就是无预订的散客入口，通常无预订散客都要排着队，眼巴巴看着人家从容地由预订入口进入。我们就是这样，排在那些晒成粉红色的老外后面，似乎听见自己的皮肤已经烤得滋滋作响。即使男乖这样肤黑耐晒的，眼中也几度射出“受不了”的幽怨眼神。多少人在这里浪费过时光，看看墙上的涂鸦就知道了：不过我们却在这里欣喜地发现了“小王子”。

然而等待还是值得的，这座小小的美术馆里收藏着米开朗基罗的数件名作，其中包括最最著名的佛罗伦萨“城雕”《大卫》真迹。依照大师本意这件作品矗立在高处，人民都须用仰视的角度去膜拜他，因此刻意调整了雕像的头身比例。要是平视的话，这件作品会显得比例失调，头和手也大得离奇。静静坐在那里看雕像的脉络纹理，只能感叹：在那个年代，这光学、力学、解剖学和透视学是要学得多好才能成就如此完美的艺术啊！

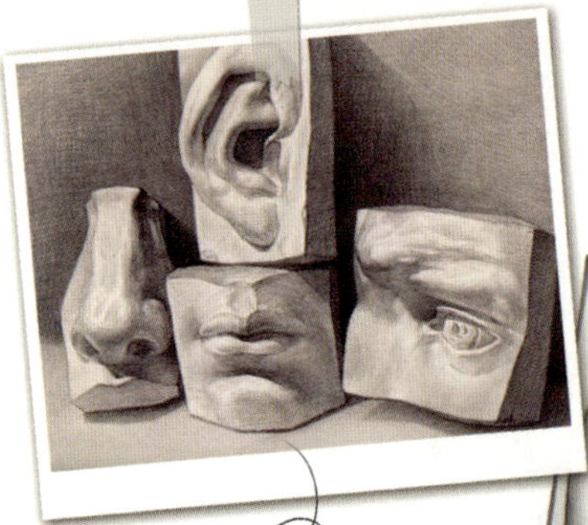

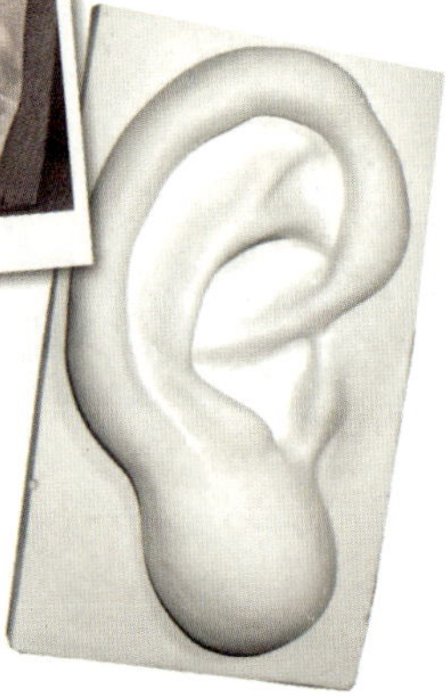

每个学画画的人都画过的五官石膏，全部源自于《大卫》的五官……

尽管我们对大
卫已经再熟悉不
过，但此刻仍带着
万千感慨第一次这
样细细看他。那画
过多少次的眼睛、
鼻子、嘴巴……
年前的我一定不能
想到某日会对它产
生这样浓烈的情
感。（全馆照
禁止摄影）

还是忍不住偷
了一张歪斜的背影。

此外，还有大师的四座未完成的《奴隶》，以及另一座《哀悼基督》。许多在西尼奥列广场门廊里的雕像也都在这里找到了原作。当然还有很多文艺复兴时期佛罗伦萨当地艺术家的绘画作品以及一些学院学生的雕刻、绘画作品。

在美术馆的厕所，看见门上的涂鸦，其中一句写着："Life is your canvas.（生活是你的画布）"共勉。

在这儿能找到很多当年学画时画过的石膏的原作

重又折返河边。沿着大致的方向，不计较路程远近，我们走了不同的路，经过了不同的店铺，在豁然开朗处，再次看见了广场上的旋转木马——果然每条小巷都有着不一样的惊喜……

终于来到阿诺河边，傍晚的风也有了几分凉意，面前便是圣三一桥，桥上有很多人在发呆：那突出的三角形大桥墩看上去就像理想的秘密基地。顺势过了河，河的南岸是Oltrarno区，意译的意思就是阿诺河以外的地方。

街道边老建筑的门环
都非常别致

这片“阿诺河以外”的区域不像对岸那样有举世闻名的景点，虽然游人较少，却充满了真正的生活气息。细看那些艺术品小店里的货物，绝不是打发游客的大路货。那些皮具和家具店也都值得花时间逛逛，只是价格也很“有品位”。我们只能作window shopping。经过蔬果店，又买了一些樱桃，那甜美的味道至今怀念。就这样漫无目的地逛到了Piazza de' Pitti。这里的广场带着几分倾斜的坡度，坐着看街景也很有情趣，后来才知道此处是皮蒂宫。皮蒂家族当年是美第奇家族的有力竞争者，他们选在南岸造了当时佛罗伦萨最大的宫殿，后来这座宏大建筑还是落到了美第奇家族手里。现在这里也成了博物馆。

此时天色已然暗了下来，在我们到达圣灵堂的时候，雨点也同时落了下来。于是躲在咖店的雨棚下细细端详这座教堂，和之前看到的座豪华教堂相比，圣灵教堂简直就是“素颜”这也正是Cathedral与Church的区别，但这却是更喜欢的风格：简洁的黄墙更突出了建筑主体雅而厚重的对称美。

咖啡店门口上方的野猪头标本

冒着大雨走老桥回对岸，这座佛罗伦萨最古老的桥梁无疑也是阿诺河上最有故事的一座。但丁就是在这座桥上遇到了他的一生所爱，才有了《新生》与《神曲》的灵魂。桥上本是一间间铁匠铺、皮革店和肉店，保留着真正中世纪的市集模样，而今这些商铺全都变成了珠宝和金饰店，闪着奢华的光。桥中段没有店铺，站在那里看远处翻滚的乌云和阿诺河上的骤雨，是很特别的体验。我们穿越但丁广场的时候，正是风大雨急的时候，广场上空无一人，只有我们两个傻子被雨淋得透湿。那时我们心里却很自由轻盈，好像回到了肆意洒脱的年代。

待我们走进咖啡店，天空已放晴，阳光就像不曾走开过那样灿烂，天空也被洗得更蓝，毕竟，这里是托斯卡纳区的首府，这里的主题是艳阳。意大利的咖啡店总是兼售冰淇淋的，于是我们舔着冰淇淋，看太阳重新普照着闪闪发光的石板路，觉得幸福真的很简单。

城里随处可见一些酷炫的车

回酒店路上，我们去了超市，买了布丁、酸奶、水果，还有打算带回国的日用品和瓶装橄榄，总价竟然不到10欧。想想国内哪次从超市出来不花100多块啊？总结了一下：生活必需品都比国内便宜，所以按照他们的收入要过生活那是绰绰有余的，而我们游客消费的都是日常生活以外的东西：餐饮、酒店都属于服务业，旅游纪念品、门票也都做的是游客生意，我们自然觉得贵贵贵。

晚上在酒店附近吃比萨和意面，意面的味道和国内是差不多的，比萨却好吃多了。即使是我们第一天到罗马，从酒店房间点的外卖，也出乎意料的美味。

比萨的制作方法

番茄沙司
高筋面粉OR
中筋面粉120g
50g
水
20g
牛奶
5g
橄榄油
烤箱
100g
马苏拉里芝士碎
黑椒
2g
干酵母
2g
盐
糖
5g
肉肠
蘑菇
鸡蛋
小番茄
灯笼椒
黄油
3g
虾仁
牛至叶

Pizza

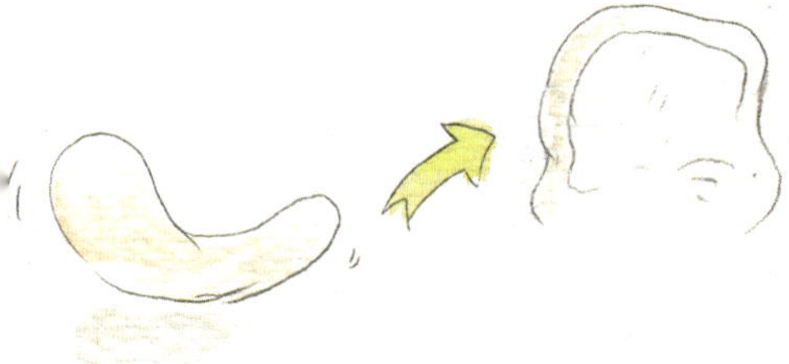

Step1

将面粉、盐、砂糖、酵母、鸡蛋、水、牛奶和在一起揉成一个面团。面团能够像口香糖一样拉成薄膜状即可

Step2

将面团放入盆中，盖上保鲜膜或者湿布在30℃~40℃室温下发酵1小时左右

Step3

将发酵好的面团和上橄榄油和黄油擀成一个薄圆饼，边缘略厚，像个盘子

Step4

用叉子在面饼底部戳上许多小坑，防止烤的时候胀气，但不要戳漏

Step5

在面饼上挤上番茄沙司，撒上牛至叶、黑胡椒。

Step6

撒上一层芝士

Step7

将蘑菇切片，三色圆椒切丝切片撒上盐和黑椒粉入味待用香肠切片待用

Step8

烤箱预热200℃

将入好味的馅料撒上面饼，每撒一层盖一层芝士，小番茄切开做装饰放入烤箱烤制10分钟

Step9

出炉撒上黑椒粉即可食用

威尼斯

——消褪的荣光

Those days are gone—but Beauty still is here.
States fall, arts fade—but Nature doth not die,
Nor yet forget how Venice once was dear,
The pleasant place of all festivity,
The revel of the earth, the masque of Italy!

——Lord George Gordon Byron

那些日子虽已别去，美丽却依旧停驻在这里。

即使疆域不再、华彩褪色，自然的眷顾也不曾远离。

难忘威尼斯昔日的繁华，那醉人的香气，

盛世的假面狂欢，记忆中的意大利！

——乔治·戈登·拜伦

在去威尼斯的路上遇到了一群装备齐全、队伍壮大的“摩托党”

由佛罗伦萨到威尼斯，向着海的方向进发，当看见那一片辽阔，威尼斯已在对岸守望。

这里是众多豪华游轮航线的始发港或目的地。在轮渡上，擦身而过的游轮客以及停驻在套房阳台、甲板上或者游泳池边的旅人都会不停地向我们挥手问好。似乎这个点儿留在船上的大部分是老年人，他们安逸地享受游轮行的闲适，这样悠闲的旅行方式真的非常适合懒人和老年人。

当我们远远看见绿色的教堂穹顶，威尼斯本岛也就到了。上岸第一件事就是吃，选了面海的餐厅，在海风习习的遮阳棚下吃到了威尼斯特有的墨鱼面。面没有传说中的怪味道，我很喜欢这种芝士与墨鱼汁的组合，唇齿全黑带来的快乐，也是这道菜的加分之处。当然，烤鱼薯条和提拉米苏也很赞，吃得心满意足。吃饱喝足之后再来细细打量这座水上的城市。

码头边的一个精致小钟，虽然不大却给来往的人群带来便捷。

与大部分的水城不同，威尼斯的根基是木柱，那些随处可见的木桩，如同大树的根系，深入海底，撑起威尼斯和它的辉煌。水下的木头非但没有腐烂，反而历久弥坚，正如那句描述木头的老话：干千年，湿千年，干干湿湿两三年。

威尼斯是水做的。这里的阳光如水一般透明，玻璃便如同凝固了的水，亦是她引以为傲的特产。海滨随处可见各色的玻璃灯，连街灯也是烟粉色的，要纯粹，便纯粹到极致。

往城内走，水巷四通八达，除了船，便是桥。威尼斯有400多座桥，大大小小，记录了每日的相逢与偶遇，其中最具浪漫色彩的也许便是叹息桥。拜伦Childe Harold's Pilgrimage关于威尼斯的篇章第一句便是："我站在威尼斯的叹息桥上，一头是宫殿，一头是监狱。"桥上的叹息来自于即将行刑的死刑犯，短短数米的封闭式石拱桥，桥上镂空花窗外的风景，是他们对这世界最后的眷恋和叹息。

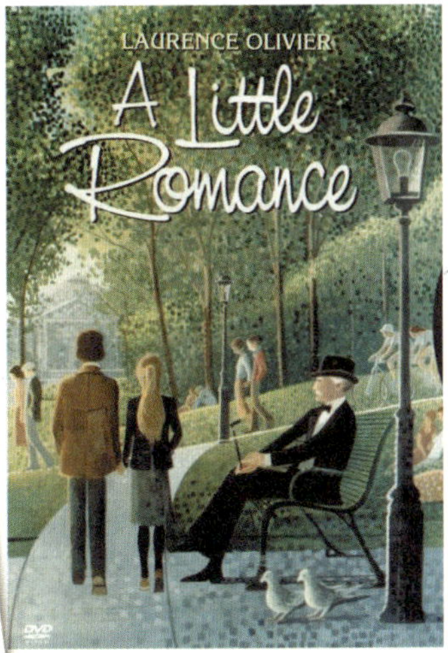

在小学或是初中的时候，便有课文讲到威尼斯。彼时的语文老师提起：若在船过叹息桥时接吻，爱侣便能相爱到老。在课文中能读到这样浪漫的传说，当然铭记于心。后来看《情定日落桥》，才知道这传说也许只是杜撰——但是正如老人所言，只要相信，便能让自己的传奇成真。日落时，圣马可大教堂的钟声响彻全城，刚朵拉划过桥下，这一吻，便是一世的约定。

可惜我们看到的叹息桥，被花里胡哨的广告包围，煞风景得很。但坚信爱情的爱侣仍然在这里亲吻，即使没有日落，没有钟声。

圣马可广场像一块磁石，无论你在威尼斯的任何角落，都会不由自主地走到那里——它就是拿破仑盛赞的"世界上最美的广场"。广场四面的建筑都美轮美奂，而首屈一指的当然是圣马可大教堂。拜占庭、巴洛克、文艺复兴、哥特、希腊……各种风格融于一体，华丽繁复如天方夜谭中的宫殿。

而红墙绿顶的钟楼，更是最惹眼的地标，据说也曾作为灯塔为航船指引方向。圣马可大教堂因教堂大祭坛下安葬有使徒圣马可（《马可福音》的作者）的圣体而得名，而圣马可的遗体得来也实属不易，勇敢的威尼斯商人硬是从埃及偷了这圣体，不远万里运回此地。而圣体也确实福佑了威尼斯，中世纪威尼斯成为世界的贸易、艺术、文化中心，富庶繁盛，它的荣耀令异邦无法企及。圣马可广场入口处的大理石柱上，带翼的飞狮便是圣马可的标志，它展现了当时的威尼斯俯视四海的英姿。据说圣马可广场在涨潮时最美，潮水漫过广场，地面变成镜子，倒映着钟楼、教堂，如梦似幻。随着威尼斯的下沉，每年出现这景象的几率已比百年前高出10倍，可惜我们仍未有幸亲见。

游历威尼斯，当然要乘坐最地道的交通方式：刚朵拉。传统的刚朵拉船夫会穿着蓝白条纹的紧身T恤，戴一顶草帽，我们的船夫有点儿特立独行，穿的是红白条纹的上衣。据说在古老的年代，船夫们划船时必须穿着考究的制服，那是精致、品位与奢华的表现。刚朵拉上放置的是奢华年代的椅子和软垫，只是船身已然被涂成了简约统一的黑色。乘坐刚朵拉价格不菲，谁叫这里人工贵呢。相比之下西湖游船真是便宜得不能再便宜了。当然，你也可以选择最便宜的水上巴士，或者便宜些的水上的士，就是电影《致命伴侣》里面那种帅气的汽艇。

穿行于纵横交错的水道，一座座老桥从头顶掠过，侧畔是古老的宫殿与民居，这份古意让我们得以领会威尼斯的原味。然而在船夫的骄傲描绘中，我又不禁感到哀伤，就像被广告霸占的叹息桥一样，他口中的华丽宫殿或者民居，如今却大多空置，沿岸光鲜夺目的不是餐馆便是旅游品商店。真正的威尼斯人，被旅游业繁盛导致的高昂物价逼得远走他乡，房子则出租给来这里度假的游客。要在这里生活，除了从事旅游业，别无他法，所以商店全都改作经营旅游纪念品，失去了原本的生活气息。威尼斯的荣光已然消褪，但它的繁华却依然留存在我们的记忆深处。船夫一路为我们歌唱，意大利人有着天生的好嗓子，也毫不吝惜一展歌喉。歌声和着水声与回声，别有一番清幽之意，心里却是另一种宁静。

随着人声渐渐扰攘，我们行至大运河，这里横跨着莎翁笔下的里亚托桥（Rialto）。这是一座石廊拱桥，优雅的白色大理石于碧波之上投射着耀目的光芒，成为威尼斯的又一地标。《威尼斯商人》中，这座桥是威尼斯商业和谣言的中心。莎翁似乎对意大利情有独钟，他其时并未亲至过威尼斯，却让喜剧与悲剧都发生在这里。《奥赛罗》也是威尼斯的传说，这里甚至有传说中女主角的故居。所有那些被美丽鲜花装点的阳台，那些或开或掩的绿色百叶窗，都隐藏了无尽的遐想。

闲逛在路边小店，那里售卖着香薰、玻璃、皮具、瓷器和假面。店主热情地邀我试戴各式各样的面具，皮质的、金属的、缀有羽毛的……真是让我大开眼界。不由得想起那些威尼斯全盛时期的香艳过往：贵族们戴上面具，抹灭了身份，获得暂时的自由，可以去寻找真正想要的快乐。于是假面舞会中发生了太多的故事，没有羁绊的人们肆意放纵、纸醉金迷，假面舞会变成全城嘉年华。那些林立的木桩和停泊的刚朵拉，似乎都是蛰伏在白昼的夜灵，在午夜派对散场后载着真醉假醉的欢笑和戏谑一哄而散，没入水巷夜色中。威尼斯的假面成就了举世闻名的二月狂欢节。而现在我只能想象那是怎样的色彩的海洋。

玻璃艺术品的制作过程

只过了几分钟一件极致美观的艺术品就制作好了，虽然这种表演形式的制品稍显匠气，但整个过程还是相当神奇的……

做好后的成品

玻璃店贵得令我们不敢进，而这里的玻璃制品确实都是独一无二的手工，不会被抄袭得满城皆是。这是威尼斯人留存的骄傲使然。这份骄傲也理应被尊重，记得在北海道小樽最大的哨子店（玻璃店），入口处赫然安放了巨大的刚朵拉和威尼斯面具，我想这是对威尼斯玻璃最好的称颂。

各种玻璃、陶瓷制品

脆饼的制作方法

BISCOTTI

烤箱
200g
低筋面粉
40g
全蛋液
120g
细砂糖
电动打蛋器
泡打粉
一小勺
黄油
80g
蛋黄一个
大杏仁
70g
速溶咖啡

Step1

将2小包速溶咖啡粉溶解在1小勺热水里，冷却后即成咖啡液

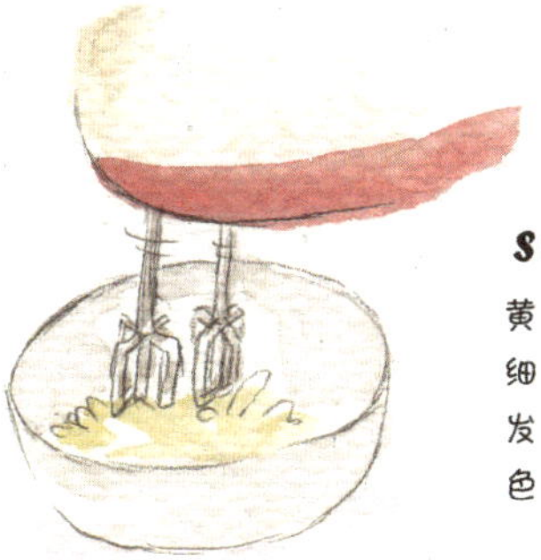

Step2

黄油软化以后，加入细砂糖，用打蛋器打发到体积稍膨大，颜色稍发白

Step3

加入1个蛋黄，用打蛋器搅打均匀，再分两到三次加入全蛋液，继续用打蛋器搅打均匀

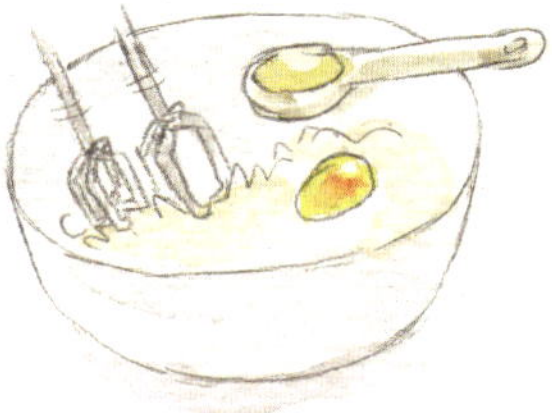

Step4

搅打好以后的黄油糊呈现浓厚油滑的状态，不进行油水分离

把咖啡液倒入搅拌好的黄油里

Step5

用打蛋器搅打均匀

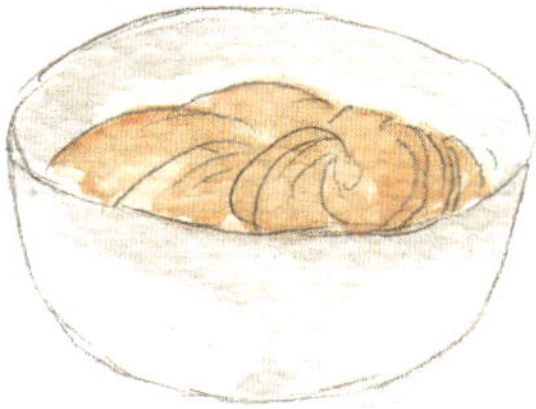

Step6

将低筋面粉和泡打粉混合过筛，倒入黄油糊里，再将大杏仁倒入黄油糊里

Step7

用手把面粉和黄油揉成面团

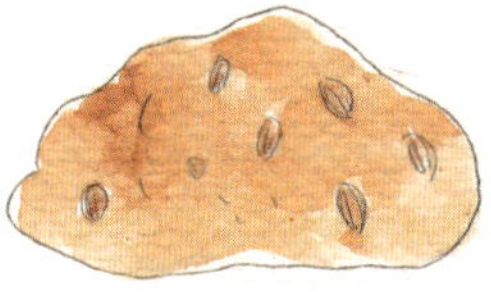

Step8

将面团揉成长方形放进预热好的烤箱，上下火160℃，烘焙35分钟左右，取出略放凉

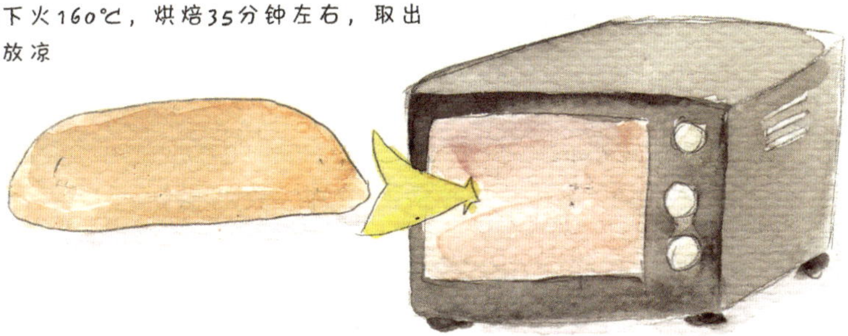

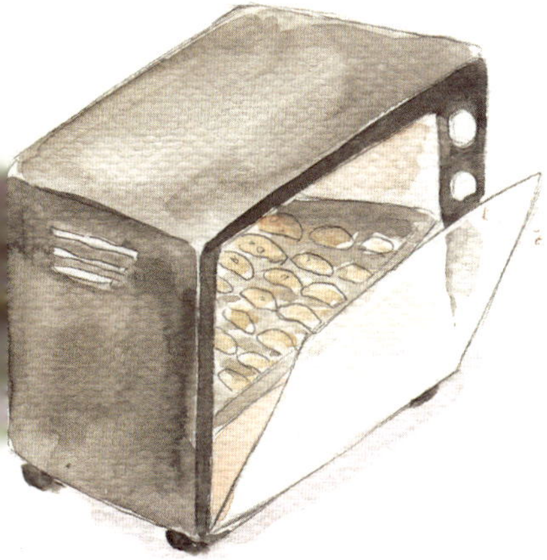

Step9

将略微放凉的面团横切成厚1厘米左右的薄片。把薄片排列在烤盘上，烤箱预热到135℃，继续烤30分钟左右，直到烤干饼薄片的水分

完成

维罗纳——给朱丽叶的信

"There is no world without verona walls, but puargatory, torture, hell itself. hence-banisthed is banished from the world, and world's exile is death. "

——Romeo & Juliet

"在维罗纳城以外没有别的世界，只有炼狱、折磨和痛苦。所以从维罗纳放逐，就是从这世界上放逐，也就是死……"

——节选自《罗密欧与朱丽叶》

维罗纳是意大利境内气候最为宜人的城市之一，空气中弥漫着一股清香，来自不知名的花树。水波一般排列的石板路指引我们来到维罗纳圆形竞技场，它是现存的第三大古斗兽场，却完全没有罗马斗兽场的门庭若市，静静耸立在路边，好像只是寻常的存在。

阿依达

但是在夏季的维罗纳歌剧节，这里便是票价昂贵的露天剧场，观众们会像举行远古仪式一般集体点燃蜡烛，整个剧场看台璨若星河，而舞台上，更是曾出现过维瓦尔第、莫扎特这样重量级的人物。如今这里的保留剧目应属《阿依达》，真牛真马齐齐上阵，气势恢宏，如有缘分，有一次在这里看歌剧的体验，当终身难忘。

像大部分的欧洲小城一样，维罗纳的气氛恬静祥和，没有高层建筑，老房子依然保存完好。在某条小巷的精致小教堂对面，是罗密欧故居。故居的外墙上，铭刻着罗密欧的台词："O, WHERE IS ROMEO? TVT, I HAVE LOST MYSELF; I AM NOT HERE; THIS IS NOT ROMEO, HE'S SOME OTHER WHERE." 确实，罗密欧不在这里，这里仍有住户，不对外开放，罗密欧已无人凭吊。小巷中的人流亦与罗密欧无关，都是弥撒刚散的教友，每个人手中都拿着玫瑰，散发着信仰的芬芳。

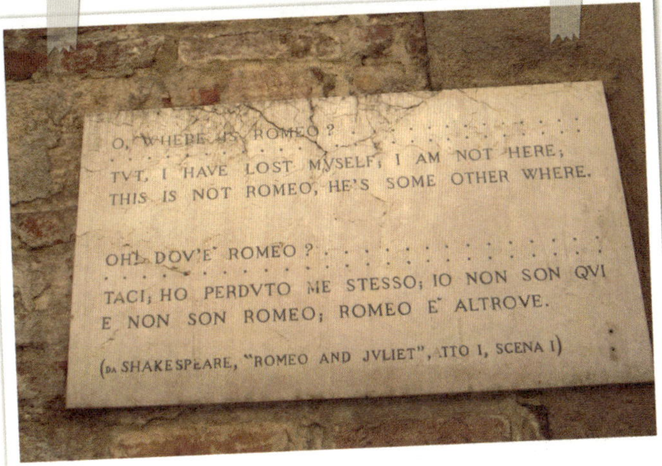
O, WHERE IS ROMEO?
TVT, I HAVE LOST MYSELF; I AM NOT HERE;
THIS IS NOT ROMEO, HE'S SOME OTHER WHERE.
OH! DOV'E' ROMEO?
TACI; HO PERDVTO ME STESSO; IO NON SON QVI
E NON SON ROMEO; ROMEO E' ALTROVE.
(DA SHAKESPEARE, "ROMEO AND JVLIET", ATTO I, SCENA I)

我亲爱的朱丽叶……

电影《给朱丽叶的信》的海报

整个维罗纳最热闹的地方，当属朱丽叶故居。因为看过电影《给朱丽叶的信》，我准备了信纸和笔，以为然会有那样一面砖墙，让我们能把信塞在砖的缝隙里，或者贴在墙上。可是如今只有入口处的粉墙供游人鸦，当我们在院内拿出纸笔，打算写小纸条塞在木门的缝隙里时，管理员冲我们摆摆手，示意这里已不再接这样的方式了。院子里立着真人大小的朱丽叶铜像，据说摸了她的右胸，会让你得到不渝的爱情，于是甜美朱丽叶被无数只手正大光明地“袭胸”。

花6欧元可以进故居参观，尽管院子里人潮涌动，上楼参观的却并不算多。我一个人走上楼梯，木地板发出“咯吱咯吱”的声音……

二楼展示的都是关于这对“最闻名”情侣的纪念，有钱币、报纸、绘画等各种艺术形式。再有便是那个著名的朱丽叶的阳台，罗密欧在阳台下的求爱字字深入人心，这阳台于是成了爱的见证。站在朱丽叶的阳台上，是否就能看到她曾经看过的风景？

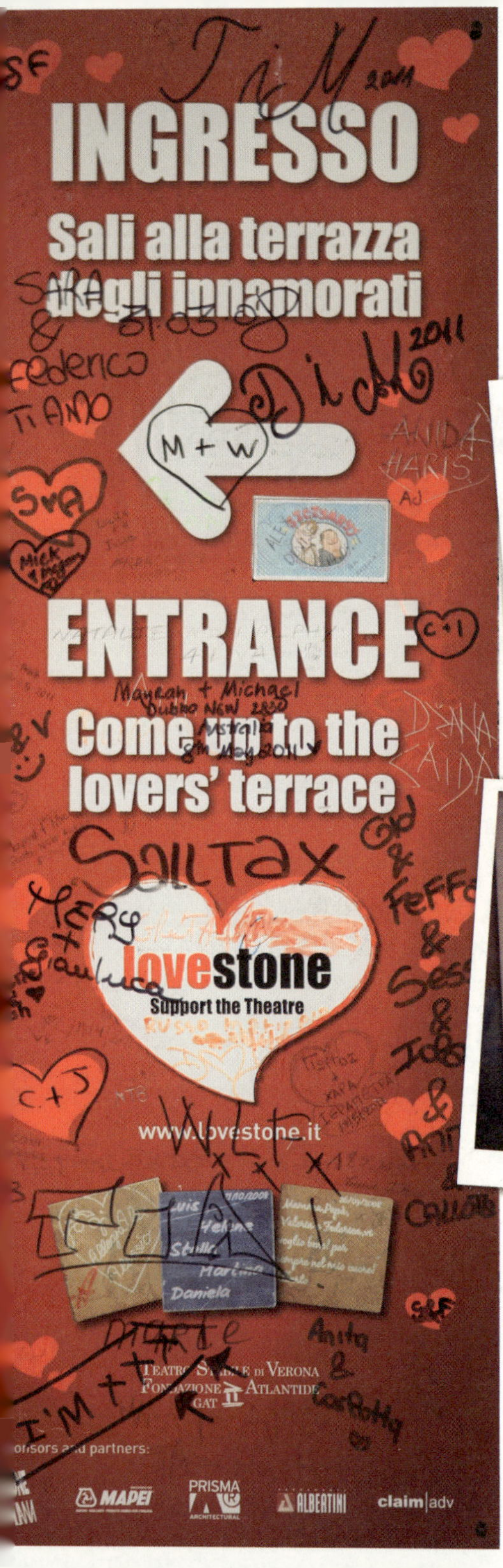

“他还相信圣诞老人”常用来形容孩子的天真和幼稚，大约指13岁以下的 心智，也许某日“她还相信朱丽叶”也会有近似的含义，而相信爱的年纪，又该如何定义？

岁月斑驳，爱情也好，圣诞老人也好，我们所相信的，只是我们愿意去相信的。而这份信仰背后的真实，已不必深究。

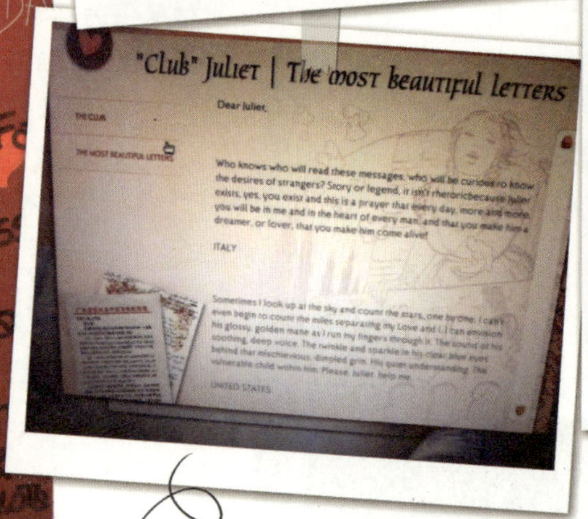

系统内「最美丽的信」展示区中，左下角赫然可见来自广东的中文书信。

三楼的一个小房间内，放了四台造型魔幻的电脑，你可以用意大利语或英语写信给朱丽叶，字体、信纸都是心目中的样子，只不过信笺是电子版。我花了十分钟写信，告诉她有人正在楼下等我，下一次，要带我们的小孩来看她……匆匆点了发送，忘记拍下留念。这些电子邮件，会由朱丽叶俱乐部的志愿者处理回复，每年情人节还会评选“Dear Juliet”的最佳情书。

下得楼来，男乖才刚写完给我的明信片，写字对他来说真是费力的事……电影《给朱丽叶的信》里“朱丽叶俱乐部”的所在，如今充满了隆隆的缝纫机声，专门出售车缝有情侣名字的围裙、浴巾、锅垫等，只要入内，裁缝们便会与你打招呼，问你打哪儿来，还有你的名字，然后送你一张车有你名字的纸片，作为朱丽叶的纪念。

正要离开，一个十几岁的少年爬上铁门想在高处的空白墙面写字，被管理员吹哨喝止，引发人群骚动。他回望了一眼，依然不管不顾地写下了他爱的宣言。年少时的爱情，真是令人嫉妒。

由故居出来，为明信片找邮票，自以为是地跑进书店，却被告知邮票都要去香烟店买。

维罗纳的爱人

闲逛至香草广场，流连许久，广场很小，反倒显得格外亲切闲适。周围的老建筑外墙有层层叠叠剥蚀了的墙绘，越是随意，越是有朴素的美。广场中央喷泉的名字叫作“维罗纳的爱人”。

好像在这座城，love is in the air。喷泉不远处的飞狮石柱证明这里曾被威尼斯征服，而建筑壁上的母狼哺乳浮雕，又是罗马的占领印记。这座小城因其交通枢纽的地理位置，注定除了爱情，还有战争。所以它有高耸的城墙，所以它被称为“意大利的门户”。

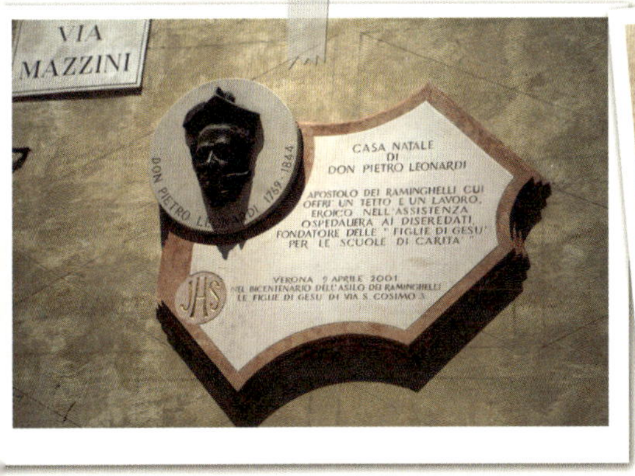

继续走，来到市政厅广场的集市。也许是个特别的日子，这里汇集了众多小吃和食材，令我这个吃货咽着口水欲罢不能。在琢磨美食方面，我一直认为意大利人绝不输给法国人，只是法国人向来很会吹，又比较花俏，意大利菜却是更质朴的美味。望着这些大香肠、大奶酪，还有摊主们热情的吆喝和真诚的笑容，我真的很想趴在那里买一箱回去，可一想到若没有好手艺怕是暴殄天物，只好买点儿当场能解决的食物作罢。

离开维罗纳，鼻息间尚留着食物的芬芳和清冽的维罗纳花香，这座城市是此行嗅觉最享受的地方，维罗纳的味道，对于我这样对气味敏感的人而言，必是难以磨灭的美好。

冰淇淋的制作方法

搅拌机
125g
细砂糖
150ml
淡奶油
cream
2g
盐
气球
蛋黄
牛奶
油纸
草莓
200g
黑巧克力
150g
华夫饼

Gelato

超喜欢~

ep1

黄、细砂糖、牛奶
锅内，并搅拌均匀

Step2

将混合后的蛋奶液用中小火加热并不断搅拌，直到奶锅里的液体受热后开始有沸腾的趋势，立即关火

Step3

离火后，立即过筛倒入冷藏的淡奶油中

Step4

搅拌均匀，加入盐，放入冰箱冷藏室让其彻底冷却（3小时左右）

Step5

草莓放入搅拌机充分搅碎，用滤网过滤草莓泥，得到细腻的草莓汁

Step6

将草莓汁加入之前冷藏好的蛋奶液，并搅拌均匀

Step7

将混合液放入冰箱冷冻室，每半小时搅拌一次，大约重复四次即可

Step8

巧克力隔水融化并恢复至30℃-35℃待用

ep9

球蘸一点儿
力酱

纸上滴一点巧克力

球慢慢扣在底上

冰箱冷却后，将气球
洞，慢慢撕开即得巧
盏

Step10

从冰箱里取出制好的冰淇淋，盛入巧克力盏摆盘装饰一下

米兰

维罗纳往西，便是意大利最富庶的伦巴第地区。一路渐渐有了豪车的踪影，但总体而言，意大利街上普遍都是小巧的两厢车和实用的旅行轿车。

伦巴第首府米兰，是欧洲三大都会之一。它依然保留着古朴的风貌，而现代生活的便利也为这座城市凭添了几分时尚的色彩。我们直奔米兰大教堂（Duomo）而去，哥特风的代表作自然名不虚传，无数纤细的塔尖直刺蓝天，尽管看了那么多教堂，米兰大教堂仍然让我们的心灵被深深震撼。除却那些别致的小教堂，在看过的所有雄伟大教堂中，我最喜欢这一座。

米兰大教堂建了500多年才完工。直到如今它仍然需要不断修缮、维护，脚手架永远相伴，修完这里，那里又该修了，真真是个“作女”，叫人咬着牙地爱。

教堂广场上是意大利王国第一位王埃玛努埃尔二世的骑马像，周围来人往，一下子就烘托出几分大都的落寞与繁华。当然这里骗子也很，还是小心一些比较保险。男乖向脸皮薄，因为一时心软中了招，被生生绑上了所谓的幸运手绳。绑绳时候都说是“gift”，绑好了就会你要钱，要5欧，男乖给了他1欧。还不依不饶，直到我说要报警他才罢。

教堂广场侧面就是传说中的现代艺术“神马浮云”，它四周的围栏被一个叫DEDA的仁兄用意、西、法、英四国语言写了“耻辱”标语。只不过此人可能没意识到英文这样写意思其实变成了“遗憾”。后面又有人陆续补上了其他语言的翻译版本，我也挺想去添上中文以壮“国威”，但最终没能付诸实施。

进教堂是免费的，而且几乎不用排队，很值得。里面的拱廊、地砖、玻璃花窗都繁复精致、巧夺天工，500多年的心血，不是白耗的。我们进去不一会儿，祭台又开始了祈求福音的弥撒仪式。虽然我们已司空见惯，仍然敬重瞩目全程，缕缕空灵的福音中，轻烟弥漫，教堂展现了它最神圣美好的样子。据说祭坛后面那个金色十字架里，就珍藏着令耶稣受难的钉子。

广场北面就是著名的商业走廊：埃玛努埃尔二世长廊。这个十字形的长廊南北东西加起来才不过300米，却汇集了众多一线品牌门店。在长廊入口处，一个面容恬静的美女走过来，摘了耳机自我介绍是米兰某家服装学院的学生，要为学校的街拍网站提供街拍图片。我对于这种类型的美女真的完全没有抵抗力，于是当她递给我一份全意文的文件时，我毫不迟疑地签字同意了她的请求。这份合约她大致给我用英文解释了一下，我只需填写姓名、生日以及签署同意网站登载我照片的授权就行，不会有什么泄露隐私的风险，我便在米兰大教堂广场上留下了街拍照。拍完照转身步入长廊，立刻被堪称壮丽的玻璃拱顶和精致的马赛克地砖所营造的曼妙光影氛围吸引。十字中心的圆形玻璃拱顶下，阳光为墙上的油画和雕像点缀了金黄的底色。

十字长廊的中心处有一堆人围着，那里的地砖是一头马赛克拼的小牛。人们只要用脚跟抵着它的生殖器部位转三圈，便会多子多福……于是可怜的小牛下腹部已经被千万人的鞋跟钻成了一个小坑。

在麦咖啡喝咖啡休息的时候，进来一群“伪娘”。这可是我头一回见识这阵仗，因此情不自禁地一直往那里看，而对面的年长夫妇，却安之若素，继续优雅地喝着咖啡。也许对他们来说优雅从容地品味咖啡才是一日要事，不应被任何俗事破坏打扰。

长廊北端的尽头，就是斯卡拉广场。斯卡拉广场因斯卡拉歌剧院得名。斯卡拉歌剧院是一座淡黄色的寻常低矮建筑，从外观上很难相信这里就是歌剧人向往的圣殿，而这举世闻名的“歌剧麦加”，外表却低调简朴、平凡若斯。

剧院对面的小广场上有一座达·芬奇塑像。这位艺术、科学奇才就以这样的姿态默默立着，低头沉思。塑像四角是他的四位得意门生，底座四面的浮雕展示了他在绘画学、建筑学、解剖学、物理学等方面超越时代的成就。这些被浮雕记录的内容仅能展现他才华的一小部分，他在音乐、地理、哲学等领域的造诣也足以令他成名成家。尽管他是佛罗伦萨人，但达·芬奇最辉煌的时光却是在米兰。他以音乐家的身份在此成名，并在这里创作了《最后的晚餐》，米兰大公对他的欣赏和信任对他而言也许比金子更宝贵。我一直怀疑他也许是来自未来或者另一个星球的人，他的画中有太多的秘密，也潜藏了太多或许被错解了的玄机。

再度回到教堂南面的小广场时，刚才的老爷车已经挪了位置，而它周围簇拥着更多帅气的古董车。尽管只是惊鸿一瞥，但我心目中的米兰正如这些古董车一般，散发的光芒少了锐利，多了温润，也许偶尔会有点儿小毛病，但跑起来依旧四平八稳，让世人艳羡不已。

卡布奇诺制作方法

Step1

先用咖啡粉冲煮出一份浓咖啡。
将牛奶加热至60℃-70℃，
倒入打奶杯至1/2处

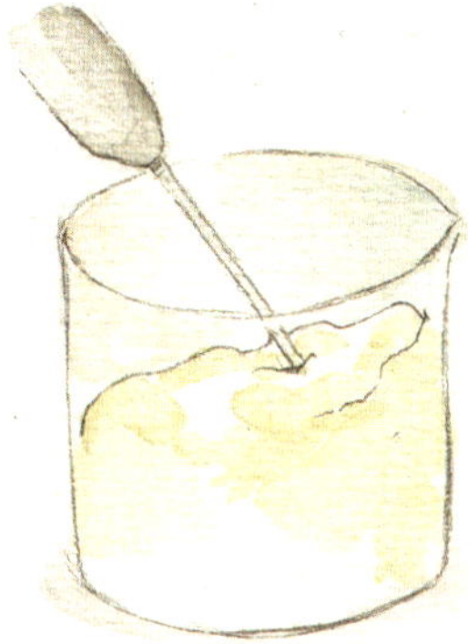

Step2

用简易打泡器搅打牛奶
两三分钟至牛奶蓬松，
出现细腻的奶沫，体积
接近于原来的2倍

Step3

将奶杯在桌上轻轻地敲
一会儿，这样可以使奶
沫分层

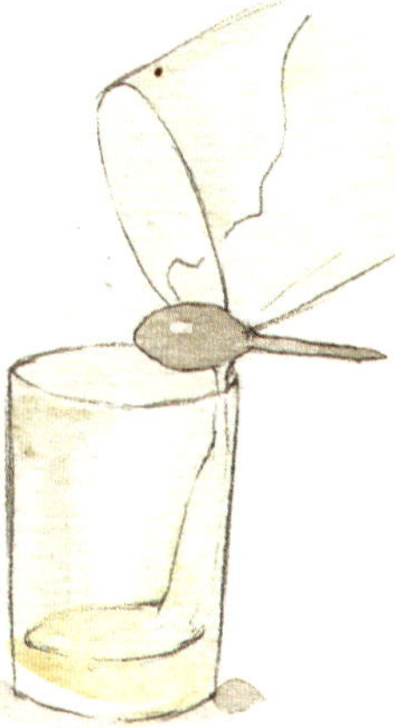

Step4

用一把大勺子挡在奶
杯杯口，挡住打发式
奶沫，将蒸汽式奶沫
倒入一个空玻璃杯，
不超过其1/3的高度

Step5

再用勺子将浮在奶杯上部细
腻的打发式奶沫舀到蒸汽式
奶沫上，同样是约1/3的高度

Step6

最后将热咖啡慢慢倒
入杯中，就可以看到
漂亮的不同颜色层次了

Step7

在奶沫上撒可可粉
或肉桂粉

意式鸡肉甜橙沙拉

5g
盐
3g
黑胡椒碎
鸡胸肉
15ml
橄榄油
10ml
意式白酒醋
50g
芝麻菜
50g
西芹
半个
洋葱
50g
小黄瓜
2个
新奇士红心脐橙
20g
小胡桃仁

Step1

把西芹放在案板上用刮皮刀刮成长薄片

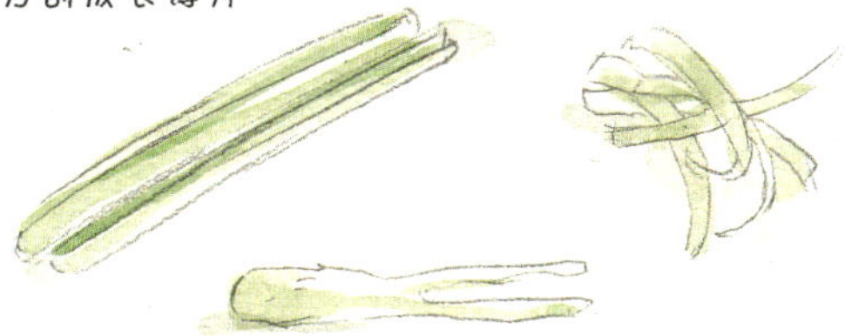

Step2

将西芹薄片放到凉水里浸泡二十分钟使其变得卷曲，这样口感会很爽脆

Step3

削一个橙子去皮取肉，切成小块

Step4

水里放点儿盐，把鸡胸肉煮熟
将煮熟的鸡肉撕成肉丝

Step5

将新鲜的蔬菜洗净沥干水分，再拌上芝麻菜、小黄瓜、西芹

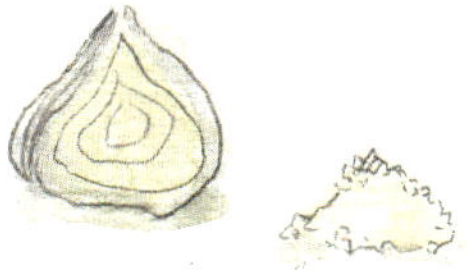

Step6

洋葱切碎

Step8

鸡肉丝、橙子块、蔬菜混合拌匀，盛入盘中，浇上适量料汁，撒上小胡桃仁就可以享用了

Step7

将洋葱碎、橄榄油、意式白酒醋、盐、黑胡椒碎、挤出来的橙汁混合搅匀，制成料汁

注：意式沙拉多选用时令果蔬，可根据口味自行调换。

意大利红烩牛肉

挑选的肉类肥瘦均匀
是最好的~
3层!
带有筋、肉、油花的肉块
是很好的食材
500g
土豆
300g
洋葱
500g
西红柿
搅拌机
300g
番茄酱
牛腩
700g
黄油
20g
芝士
30g
盐
8g
胡椒粉
5g
牛腩即牛腹部及靠近牛肋处的松软肌肉
看起来就很美味

多放一点儿
Step1
取200克西红柿打成泥备用
Step2
放入黄油和芝士
奶香！
Step3
加入切块的蔬菜和牛肉块，倒入番茄泥
拌饭超正！
Risotto
Step4
加入番茄酱、盐、胡椒粉拌匀
太快了！
我还来不及睡午觉
Step5
放入压力锅，选择牛肉挡，加热即可

意式烩海鲜

干白葡萄酒
半杯
橄榄油
10g
盐
番茄酱
扇贝
4粒
黄油
10g
法式长棍面包
蒜瓣
柠檬
干红辣椒
小鱿鱼
2个
虎虾
2只

Braised seafood

Step1

材料A切块备用

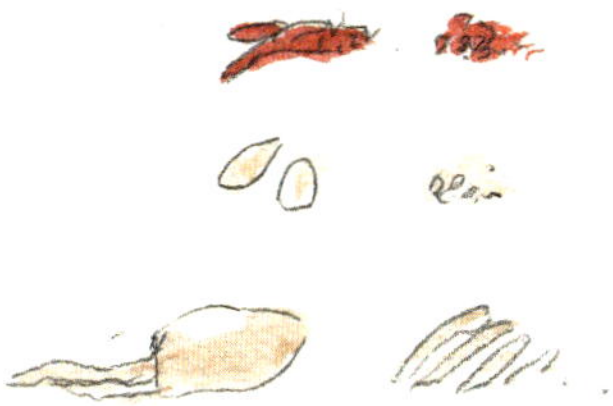

Step2

锅上中火，放入橄榄油和黄油

Step3

待黄油化开，放入做好的或者是市售的番茄酱，倒入白葡萄酒，保持中火不加盖略煮，让葡萄酒挥发掉酒精

Step4

放入干红辣椒，一点点放入切细的蒜末

Step5

放入虾、扇贝和鱿鱼脚略煮约3分钟

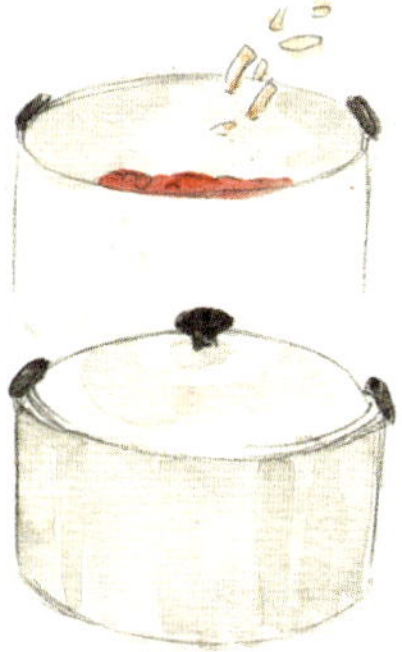

Step6

然后再放进鱿鱼段，关火盖盖，借着余热焖上30秒

Step7

装盘后挤入几滴柠檬汁即可食用

意大利印象

在梦里，我曾经无数次描摹意大利的美丽。在飞驰的火车上，我曾隔着车窗远远地眺望着那片葱茏的绿意。窗外的景色就这样突兀地撞进了我的眼帘：那山、那树、那云，一如定格的水彩画卷。可惜，火车上的我与它，只能擦肩而过，也许，这正是下一次邂逅的美丽借口。

托斯卡纳

你很难相信，

世界上竟然真的存在这样一个地方，

就像跃然于画布上的风景：

那里仿佛是梦中的仙境，

那样宁静，那样完美。

托斯卡纳

我不知道，
树，可以以这种姿态，
无惧风雨，挺立于天地之间——
在昏暗中，
迎接那一束光。

托斯卡纳

阳光与色彩追逐在这片天地里。

阳光的澄澈，洁净了草地、山岗，还原了色彩的绚丽；

色彩的媚惑，点染了远山、层林，勾勒了阳光的纯真。

光与影的步调，色与彩的舞蹈，

成就了托斯卡纳千年不变的妍丽。

托斯卡纳

这里，就是我魂牵梦萦的托斯卡纳。
蓝天、青山、牧草、树林……一如照片里的模样。
沐浴着霞光的温柔，四野悄然——
也许就是这样明净的色彩成就了塞尚的天赋吧。

庞贝

即使满眼的荒芜也无法掩藏千年前城郭的雄浑与奢华。

这是一座鲜活在记忆中的都市，在那里，斑驳的城垣定格了时空的流转，蜿蜒的石径绵延了岁月的永恒。

你可知道，在那层厚厚的火山灰下，残留了人类不朽的文明记忆。

那不勒斯

美食、美景、迷人的海岸线、邮轮停泊的静谧港湾。

这就是那不勒斯的傍晚。

夕阳西下，

一半是明媚海洋的温暖，一半是富贵都市的繁华。

五渔村

这是一个简单而纯粹的地方。
你可以站在悬崖上眺望波光粼粼的海面，也可以坐在岩石上感受海风拂过衣角的咸涩——
在这里，你会懂得：
站在海角，极目天涯的心境。